COLLECTION FOLIO

Claude Michel Cluny

Un jeune homme de Venise

ROMAN

Édition revue et corrigée avec une Note *de l'auteur*

Denoël

Claude Michel Cluny est né en 1930. Il a publié des romans, dont *Un jeune homme de Venise*, et *L'Eté jaune*. Deux livres de poèmes dans la collection « Le Chemin » : *Désordres*, et *Inconnu passager*. Essayiste, il est l'auteur de *La Rage de lire* et d'ouvrages sur le cinéma. Critique, il écrit notamment aujourd'hui pour *L'Express* et *Le Quotidien de Paris*.

pour Michel Carré

J'écris toujours avec un masque sur le visage ;
Oui, un masque à l'ancienne mode de Venise...

Valery Larbaud.

pluies

La mer allait et venait, comme un chien autour du lit de son maître. Grise, et patiente. Grise et verte de lumière, et le vent tiède déchirait les derniers nuages. Le ciel remuant doucement. Les nuages marquaient les eaux plates de taches brunes ou bleues, plus pâles que les longs affleurements du sable. Près de la mer, sa respiration salée caressait vivement le visage. Parfois, cette immense couleur d'un gris changeant où jouaient sans cesse la lumière et les ombres rapides du vent, et qui emplissait l'espace abandonné par le ciel, quand le temps était très chaud paraissait seule, à jamais illimitée. Maintenant, on voyait d'assez loin les coupoles des grandes églises, d'un gris plus vif, d'un vert plus acide, et la garde rouge des campaniles. Les averses avaient précisé le dessin des quais de Venise, et leur immobile mélancolie de pierre. Des voiles passaient, et l'accent brillant et noir des barques. Une lumière liquide enveloppait la lagune et la ville, Venise délivrée de la pluie et toutes ses couleurs d'Orient séchant comme du linge.

Ils marchaient le long du bassin de Saint-Marc, lentement, s'arrêtaient, revenaient sur leurs pas, prenaient prétexte d'un pont pour regarder d'un peu plus haut (de quelques marches), l'eau paresseuse et la foule qui revenait, riant et bavardant ; rien n'était apparemment changé, c'était vrai — et il était revenu, lui : Saint-Sever. De loin ce silence, mais c'était le tumulte habituel, les rires, les apostrophes, les chansons, les boniments des marchands et des bateleurs. Rio Cà di Dio, on entendait par une fenêtre ouverte chanter une fille. — Encore deux heures, ce serait le soir et la fin de quoi, quel jour nouveau pourrait surgir de la mer ? — Ils marchaient de long en large, tranquillement, le long du quai encore frais de la pluie. Et pourtant, il y avait tant d'années déjà, la pluie (et cette fille qu'on entend chanter, qui a une si jolie voix claire, on ne saura jamais si elle est encore joyeuse et belle), la pluie, dont ils attendaient la fin sur la mer.

— C'est, dit l'abbé, toujours la fin de quelque chose ; on ne croit jamais que ça pourrait être la fin de tout.

A l'est, le ciel devenait clair et ne bougeait plus. Une barque geignait, tirait sur l'amarre et tapait du nez. Montovano repartit de son petit pas alerte ; son manteau bouffait derrière lui, avec une nonchalance affairée. Il avait l'air d'un coq noir qui fait vite sa cour. Sous ce chapeau, sous se masque, on ne se reconnaît pas — on ne s'attendait pas ici, à cette heure ; et que dire à ce personnage au visage de plâtre, au manteau fermé, qui n'entend pas, qui passe, et regarde sans voir à travers vous qui lui dites : comment pourrions-nous ne pas nous reconnaître ? Ce personnage à présent partout, multiplié, envahissant, un vertige (la petite chanson s'élevait comme une fumée transparente et tranquille).

Et Saint-Sever appuie sa main moite sur ses paupières, comme le matin quand il faudrait absolument se débarrasser des débris des cauchemars qui jonchent la mémoire — et les galeries à arcades, l'immense dessin de rêve des quais et des palais de marbre, la place singulière s'abandonnent à ce mouvement de la foule où il suffit d'un masque pour disparaître dix mille fois : le temps d'une seconde, d'un geste machinal, anodin, qui vous fait disparaître, vous dissipe dans l'océan des cris, des rires, des concerts, le jeu des barques, des conversations perdues, ce merveilleux désordre — la mémoire...

Sous les trois cornes de son chapeau, sous son masque, l'abbé Montovano recommençait en dérision le petit air entendu par une fenêtre, retenant son pas trop preste, chantonnant donc, se laissant aller au charme de la chanson, de ses couplets un peu naïfs, un peu tristes aussi et populaires, imaginant le charme de la fille et le bonheur de la promener ce soir, demain (avec tout l'agrément que l'imagination accorde à ce qui n'est pas encore et ne sera peut-être jamais), le lit, la nuit... L'abbé prenait bien les choses, et se chauffait le cœur. La flotte se bat, et la ville danse. A Paris, à Madrid, pensait Saint-Sever, on coucherait une épée dans son lit ; en Italie, on chante et on regarde les filles. Etait-il trop tard ? Un envol d'oiseaux remua lentement le ciel, puis la mince agitation soyeuse s'effaça. Rien ne troublait plus rien. Sous le ciel si pur et calme, le cœur ne se tenait pas à de grands sentiments de désastre. Le moment, l'instant trop beau, moment de bonheur ou du chagrin le plus amer, tout cela mourrait avec nous. Quand le poisson est mort, l'armure lumineuse qui le protégeait du fleuve va pourrir dans la vase. Pétrifiés le ciel et l'alignement des quais ; pétrifiés le miroir faux de la lagune et le tremblant miroir pâle du soleil déjà lointain et bas sur l'Italie ; astre muet, eaux mortes. Fatalité, un mot usé. Usée, sa part de chance. Il ne se tuerait plus assez tôt pour échapper à une mort stupide. Sa part, sa dernière part d'espoir lui échappait avec la bataille que promène la mort étincelante sur les flots étincelants de l'Adriatique. Il n'avait plus qu'à se promener devant les pontons déserts de Venise... Le ciel et les canaux luisaient doucement; on allumerait bientôt les lampes. Une barque fermée passait, dans un murmure liquide. Saint-Sever s'était toujours émerveillé du secret des barques de Venise.

L'abbé l'attendait; assis sur un tonneau, il prenait du tabac.

Tous les secrets courent les rues, passent de main en main, de poche en poche, de bouche à oreille et personne ne sait jamais pourquoi ni comment les affaires ont été décidées, traitées, renvoyées; personne. Ce qu'on ignore est plus vrai que la vérité. Il regardait la grande barque s'en aller vers le canal, vers Saint-Marc, sans bruit. Il resserra son manteau.

— Montovano, dit-il, j'aime bien que vous preniez du tabac; là, vous ôtez votre masque. Maintenant, dites-moi ce que vous savez...

— Ce que je sais — ce que nous savons —, sera peut-être faux tout à l'heure. Croisant les jambes, il avait posé son masque sur son genou, en équilibre à mi-chemin du sol et du chapeau, second visage aveugle, ricanant comme une promesse d'éternité. Mais les yeux clairs, trop clairs de Montovano. Ce bleu, ce gris s'affaiblissaient, disparaissaient à mesure qu'ils approchaient du bord extérieur de la prunelle et Saint-Sever pouvait apercevoir curieusement les perspectives d'eau et de pierre perdues dans ce regard et même l'image de sa propre figure. Des yeux pleins de pluie. On ne sait jamais ce que voient les autres.

— Il est des chemins sur la mer par où les nouvelles vont vite, dit l'abbé; mais faut-il y croire ?

Il se leva, et siffla quelques notes du petit air ; il regardait vers le large, vers la mer tellement tranquille ici, une fois passée la porte du Lido, cette mer qui n'apporte plus aucune nouvelle du Sud. Les chemins de la mer portaient ou dévoraient les messages, comme l'argent porte ou dévore les hommes. Le canal se couvrait de gondoles. Le jour s'en allait très vite.

— Toutes ces années, murmura Montovano ; qui sait si tout n'était pas déjà joué...

Lui ne pouvait plus se voir dans la froide lumière des yeux de l'abbé, qui regardait l'eau immense devant eux. Non, il n'était plus temps de rien pour lui, Saint-Sever, sinon de donner un sens à la mort — et Montovano, tout abbé qu'il était, ne saurait pas l'aider et ce n'était pas de charité dont il avait soif ! A l'extrême limite de tout on peut encore rêver ; les sabots des chevaux dans le sable mouillé, l'écume de la mer et l'écume des bêtes brillant dans la pure et mélancolique lumière du rivage — les navires inaccessibles —, et les lourdes enveloppes scellées au nom de la République et portant le paraphe des secrétaires... L'affreux combat à coups de sabre dans un bois contre les Mameluks, en Croatie, après leur avoir lâché à trois pas les pistolets dans la figure ! Affreuse mêlée superbe ; mais ils avaient dû déguerpir. Le soir, ils s'étaient roulés dans leur manteau, tailladés, écorchés, fourbus. « Tu ferais un bon colonel pour Venise », lui avait dit Fabiano en souriant. Oui, lui qui écrivait des poèmes, et ne lisait que César et Montecuccoli... Il était revenu pour un autre combat. Il avait crevé ses chevaux pour arriver avant de mourir, des pommes sur la route pour que la mort s'attarde et les ramasse. Seul, face à ce dernier horizon vide (il était devenu très pâle ; il s'appuya sur le bras de Montovano)...

... L'eau de la lagune montait, dansait, elle s'élevait

et emplissait le ciel, elle recouvrait toute chose — elle perlait à ses tempes, il la sentait sourdre dans ses paumes, au creux de sa poitrine, monter, descendre. La pluie, oui, la pluie autour de la barque plate et les chevaux se cabraient, apeurés, l'eau du ciel, l'eau des fleuves depuis Mantoue, cette île de pierres menacée; les pluies! Il pleuvait depuis Mantoue, on ne voyait plus les routes, ni les villages : tout se fondait dans une ligne liquide, déserte, infinie, où tout allait se perdre et pourrir. Saint-Sever voulait lever la main, essuyer un peu son front ruisselant, mais du plomb pesait à son bras — et c'était comme s'ils eussent avancé debout dans un fleuve, c'était comme la montée soudaine des eaux troubles du temps et lui, paralysé, sans pouvoir, sans pouvoir dénouer la nuit du jour, sans pouvoir échapper à ce flot terrible, ni arracher cette lame fouillant pour trancher ce qui lui restait à vivre.

— Mais cette lumière, cette lumière, dit-il.

*

Etait-ce vraiment le début du jour, ce ciel d'eau posé sur une eau plus grise, lourde de boues? Enveloppés dans leur long manteau humide, ils n'auraient jamais dû atteindre le jour, jamais. Tout était gris et plat, mouvant. Un peu de vent tournait comme on se passe la main sur la joue. Il voyait Francesco, qui ne portait pas de chapeau : la brume accrochait de petites larmes fades dans ses cheveux gris; il ne faisait pas vraiment froid, mais Saint-Sever naturellement frissonnait; c'était toute cette eau grise qui avançait sur eux après avoir bu l'horizon et détrempait le courage et les mots. Aucun d'entre eux ne parlait, mais il semblait que le vieux se tût pour eux tous et, tête nue, appelât à la proue sur lui seul l'entière infortune de ce temps. Tous debout dans leur silence; et les chevaux comme lui frissonnaient; et ils remuaient lentement le col pour reconnaître le ciel épais et bas, le paysage sans rive. Il ne pleuvait plus, mais l'eau se posait sur le moindre geste. Un jour immobile et noyé. Des paquets d'herbes, d'algues et de feuilles apparaissaient, passaient, et les mouettes, ou d'autres oiseaux de mer, plus pesants, volant dans un long bruit mou soudain cassé par quelque appel étrange, ou la découverte d'une proie pourrissante... Il ne pouvait oublier le vieux obstinément vigilant, près des deux bateliers seuls capables de reconnaître une voie, des repères, dans ce nuage — et non sans maugréer, contre tout, le courant, les épaves dangereuses : ils faisaient un peu de théâtre, et il était bon d'en sourire, c'était encore le goût de la vie. Son cœur pesait son volume de plomb... Toujours, il évoquerait ce cauchemar de la pluie sur la terre éternellement — pas même la terre! mais ce désert liquide de boue et d'herbes et de cadavres pris dans un limon gluant, témoins d'une création démente surprise dans sa geste et accusée d'abandon. Dans le silence, les cris des mouettes rouillaient comme du fer.

Eux, immobiles, allaient vite dans ce désastre. Il leur fallait échapper à la nuit sur ces fleuves mêlés jusqu'à la mer. « Tu es fou de venir avec moi », lui avait dit Fabiano — sans personne, sans argent, sans même un toit s'il n'arrive pas assez tôt pour sauver au moins les murs, une coquille pour dormir, de la meute des créanciers. « Je n'ai rien, mais je me moque de tout : je suis donc riche des regrets que je n'ai pas. » Les chevaux s'effrayaient, surtout de l'odeur violette qui montait des remous, des charognes rencontrées, et se dressait, épaisse et lourde sur les eaux et la boue. Il ne parvenait plus à rassembler tous ces légers fragments de réalité, qui dessinent des constellations dans notre propre nuit et, parfois, deviennent visibles pour d'autres que pour nous.

N'était-ce pas cela justement qu'ils pensaient et cherchaient à fixer autrefois à Florence quand ils marchaient le long de l'Arno ou sur les collines, écoutant la musique du soir dans l'odeur incomparable de la terre ?

Non, il ne parvenait pas à mettre un peu d'ordre dans ce gâchis où tout se brouillait. Se détachait de lui. Le bonheur se détachait de lui ; il le lui avait dit. Ils ne devaient plus... C'était lui, Saint-Sever, qui était parti. Alors, Fabiano : *Tu es fou, pourquoi, il ne faut pas...* Il n'y avait plus que ce rideau de ténèbres tiré devant ses yeux.

Et la pluie tendue sur la plaine, le fleuve, le jour. Saint-Sever était venu au bord de la ville, pour la dernière fois. Son cœur plus pesant — à mesure que le temps avait passé — c'était comme la pression toujours plus impérative d'une force contre sa poitrine, et le contraignant à traverser la vie toujours plus vite, sans que rien ne le retienne, sans secours d'aucun dieu de bon vouloir. Rien ne le portait plus ; il était arrivé, il était au terme de sa course brève. Mille éclats de voix volaient derrière sa tête et les architectures noyées passaient lentement devant ses yeux, renversées dans la mémoire mais présentes, familières, et familière la voix la plus proche, qui insiste, qui revient buter contre lui, inquiète (n'a-t-il pas entendu, n'aurait-il pas répondu et pourtant il suffirait de quelques mots) et répétant : Mon oncle est mort, je suis ruiné, il faut que je parte. Il y avait longtemps qu'ils étaient partis, Fabiano et lui. Le décor d'eau et de pierre tremblait, se troublait, mais de la pluie peu à peu surgissaient les coupoles bossues de Saint-Marc et la voix de qui ? On avait brisé la marche du temps, et le temps était éparpillé, ses morceaux chuchotaient derrière lui, dansaient devant ses yeux et s'enfonçaient en brillant dans le canal. Une rumeur de pas et de rires, de cris, grondait autour d'eux, tel un feu un peu fou... Eux, la voix et lui, Saint-Sever, dont le chapeau peut-être était tombé dans la foule. Il voulait porter la main à son front ; mais qu'importe son chapeau, il ne pleut plus et même il aperçoit maintenant de grands pans de ciel, d'un bleu tendre et timide, ce bleu qui était autrefois sur les toiles des peintres, dans la Merceria... Il se sentait très triste. C'était un curieux enchevêtrement de courtes vagues vertes coupantes, de mâtures légères encadrant les campaniles et les loggias aux colonnes si fragiles — c'était Venise tout entière dont la flotte avait emporté les coupoles et les campaniles, les rires et les chants, le ciel déchiré, et qui s'avançait vers lui avec un orgueil magnifique et l'assurance que donnent la gloire et la puissance et l'or. Mais aucun signe, parmi les flammes de couleur qui claquaient dans le vent de l'Adriatique, ne se levait pour lui, et cette liturgie politique ne se déployait que pour le rejeter, oublié, étranger, inutile. Fabiano ne reviendrait pas. Ou trop tard. Embarqués sur le fleuve des morts, ils ne se reverraient pas. Il ne pouvait plus rien. Venise vaincue triomphe et se fixe autour de lui, Saint-Sever l'abandonné. Il voit la ville et dans le ciel empli par la nuit les colonnades de la Douane de la Mer se redressent auprès de l'île Saint-Georges, son cœur se remet à battre tranquillement et les fragments brillants du temps que les eaux du canal emportaient se rassemblèrent peu à peu. Les fenêtres des palais flamboyèrent au-dessus de la foule et des barques, des gondoles —

dont les flambeaux ou les lanternes avançaient dans le soir. Deux porteurs arrêtèrent une chaise à côté d'eux.

— Vous me faites une peur d'Allemand ! dit l'abbé ; il le maintenait assis avec le secours d'un gros homme en masque Il faisait frais. Saint-Sever serra frileusement son manteau de ses mains moites ; l'étouffement s'apaisait, disparaissait une fois encore, l'étau se desserrait.

La foule allait et venait sur le quai, et de petits violons jouaient dans une barque illuminée. Il regarda avec avidité vers le large invisible, au-delà des bassins du commerce, là où la flotte aurait dû couvrir l'horizon ; là où une mouvante forêt de mâtures aurait dû s'emparer du ciel — mais la fièvre de tout cela qui n'était pas — seulement un songe — fut alors empêchée, car on ouvrit la porte de la chaise, et une immense robe de moire en sortit difficilement.

— La Providence descend du ciel ! dit l'abbé qui se précipite. (Un gros homme tenait toujours Saint-Sever, et d'une poigne solide. C'était bien à lui qu'on en voulait, on s'assurait qu'il ne s'échapperait pas !)

— Ah ! dit-on en sortant tout à fait de la chaise, en arrangeant les plis de la robe : l'abbé, vous ne faites crédit qu'à l'inconnu ; vous finirez par laisser croire à Dieu qu'il existe à force de l'invoquer toujours. Ce n'est pas lui faire un bon service ; mes paniers sont bien, merci ; que faites-vous là ?

Il faudrait qu'il se lève ; un Français ne reste pas assis devant une femme. Il tente de se mettre sur ses pieds ; mais il était tenu ! On l'arrêtait, peut-être ? pour avoir dit que Venise était morte.

On parlait fort autour de lui. Il fallait qu'il se lève ; il lui parut, de plus, qu'il se rendait coupable de stupidité... Il aurait dû prévenir Montovano de ces accès de faiblesse (et cependant il ne voulait pas, il ne voulait pas qu'on le sache malade à ce point, car on l'empêcherait certainement de partir, de rejoindre la flotte). Peut-être cela n'avait-il plus aucune importance. Ils revenaient vers lui et Montovano agitait son masque à bout de bras. Un garçon demi-nu, des oiseaux apeurés en cage sur l'épaule, le dévisageait, curieux, les yeux rieurs ; et triste d'emporter (imagina-t-il !) ce qui chantait encore en lui. Une sourde lumière d'or tombait sur Venise. Un homme en noir vint le regarder sous le nez, et partit sans un mot, se donnant de petits coups d'une badine sur les jambes. Alors, ils furent devant lui, Saint-Sever, et elle ôta son loup de soie noire et l'abbé agitait toujours son masque de craie ricanant. Il pensait que s'il avait un peu de courage, il écrirait un poème (mais la certitude de pouvoir encore écrire un poème, et la volonté de se battre encore avec les mots alors qu'il avait commencé de passer au-delà des mots, l'abandonnaient un peu plus chaque jour), il écrirait un vers, un seul, pour dire cette mode terrible des masques à Venise ; seulement un vers... En italien, on disait derrière lui, mais il s'en moquait, que le jeune étranger était ivre, ou très malade. Il la reconnaissait, le voile trouble devant lui se déchirait et il vit son visage un instant lutter follement avec ceux de sa mémoire.

— Laura ! dit-il d'une voix ridiculement faible, et elle relevait du bout des doigts le voile de dentelle noire qui encadrait son visage et descendait sur ses épaules. Pourquoi n'était-elle pas venue avant que le soir se rassemble ; il y avait tant d'ombre autour d'eux, et de doute dans son cœur. Elle ramena la bautta sur son front, d'un geste malheureux. L'éclat de sa robe bougeait et chantait doucement.

— Eh bien ! c'est une folie d'être malade, dit-elle ; sans que je sache ! sans que je sois prévenue de votre retour.

Laura Foscarini, les yeux emplis de l'ombre dorée du soir. Saint-Sever pensa qu'il n'aurait jamais la force de mourir parmi trop de beauté, et que ce petit héroïsme — le seul de sa vie — lui échapperait s'il ne se cachait, pour en finir, dans un bouge de misère, comme une bête, à l'écart ; et il sourit avec lassitude. Tout se détachait de lui, même les cruelles cicatrices du bonheur que personne jamais ne saurait effacer. Les paroles se remirent à voler autour de sa tête, avec l'assourdissant bruit lent d'un envol de pigeons, des vagues sur une grève basse, des murmures de robes, des rumeurs de trop d'ombres dans son âme. Sa main droite, serrée sur son cœur, avait-elle peur de s'ouvrir ? Ah ! comme elle avait craint toujours de ne pas bien tenir et aussi de tenir avec trop de force, et comme elle hésitait, quand elle écrivait, au moment de tracer le mince fil d'encre issu de sa vie ! Les porteurs soulevèrent la chaise, et la ville commença de se balancer derrière les vitres. Une très grande animation régnait vers Saint-Marc, et même sur le quai des Esclavons. Il aperçut l'église de la Salute. Bientôt, il ne fut plus possible d'entendre de petits violons, qui donnaient un concert, dans une barque, à l'entrée du canal.

*

Le soir même, le secrétaire des Inquisiteurs d'Etat reçut, parmi beaucoup d'autres, ce billet :

7 septembre 17..

Ayant eu connaissance de l'arrivée d'un Français par la barque de Padoue de 20 h, j'ai fait tous mes efforts pour satisfaire à mes sacrés devoirs envers Vos Seigneuries Illustrissimes, et j'ai suivi le susdit. Il a peu de bagage, qu'il a fait porter par un facchino *chez Don Giovani Montovano, près San Agnese. Après une demi-heure, Don Giovani est sorti avec le Français, et ils sont allés en barque à San Marco, et de là sous les Vieilles Procuraties, dans une boutique où ils ont pris du chocolat. Après une heure, ils sont allés sur le Broglio, puis le long du canal. Ils paraissaient parler le plus souvent en français. Le jeune étranger est d'une apparence noble et aimable, mais son teint est très pâle et je le crois très mal, car si Don Giovani ne l'avait retenu, il serait tombé de tout son long sur le sol. On put l'asseoir sur une caisse, mais il demeurait sans voix et comme un homme qui a perdu ensemble la parole et la vue. C'est alors que Notre Dame Foscarini fit arrêter sa chaise et en descendit. Puis elle parla vivement avec l'abbé à voix basse, et cela pendant plusieurs minutes. Je crois qu'ils sont amis tous les trois, car ils sont repartis ensemble, le Français dans la chaise de la Foscarini. Comme ils s'en allaient, j'ai entendu une grossièreté par la bouche d'un masque qui disait : « L'abbé s'en va au bras de sa catin » ; ce que je ne crois pas vrai. Car on ne dit rien de ce genre obscène de la Foscarini, qui est très secrète, sinon de Don Giovani, qui passe pour se débaucher avec des filles du peuple. Andrea, qui mène la barque du vicaire des Gesuiti, m'a dit qu'il prenait soin d'en avoir toujours au moins deux, très délurées, dans son lit, ensemble, et qu'ils font des choses qui étonneraient s'il était possible de les décrire. Ce que l'honnêteté ni la religion ne permettent. Je demeure le fidèle serviteur de Vos Grandeurs Vénérées...*

mort

Une île, noire de la nuit qui montait de la mer. Une galère capitane entrant lentement dans le bassin de l'arsenal de Venise. Une barque, dans l'imbroglio des barques. On pense qu'on ne souffrira pas, que rien ne sera changé... Sinon le battement du sang la nuit, qu'on ne peut plus entendre, ni son langage étrange qu'on n'osait pas déchiffrer, qu'on avait peur de traduire.

Un jeune homme regarde le front aveugle de la mer, couronné d'une rumeur de gloire. La mort ne se partage pas, c'est notre dernière solitude. Le navire, la nuit avançaient sur la mer entre les hommes porteurs de fanal. Fabiano caressait machinalement ses lèvres, le dessin d'un sourire perdu. Il se souviendrait. Il était debout, dans la chambre si grande ; où il faisait très chaud. Très longtemps, oui, sans doute... Est-on jamais sûr de faire le geste qu'il faudrait pour répondre à une attente ; on pense mal, quand on agit avec trop d'attention. Il reste des gestes, aimer et mourir. Un théâtre. Le jour mourait à la fenêtre.

La chambre était sombre et il traînait partout des relents de vieillesse et de maladie, les odeurs, aussi, de décoctions inutiles et bizarres. Le vieux Filipo Borsi disait : « Quelle drôle de mort, je vais sombrer dans les tisanes. » Il mourait difficilement ; il avait le ventre plein d'eau, mais ce n'était pas l'Adriatique et pourtant il avait couché avec elle toute sa vie. Fabiano essayait de sourire, de lui ôter sa peur. Mais on ne peut rien... On choisit encore moins sa mort que son bonheur. Il n'avait aimé que la mer, et lui : ce fils qu'il n'avait pas eu.

Les tapis roulés, et le plancher qui danse sous les pas. La chambre si longue ; on y étouffe. Assis sur un coin de la grande table encombrée, chargée de livres et de plans ; et les portulans de la côte, des îles jusqu'à Zante, la Morée... La mort en ce vieil homme comme l'eau dans la mer. Il étouffait, il pensait aux trois fenêtres ouvertes sur le canal, son corps gonflé se battant sous les draps. Soixante années plus tôt le corps de sa mère se battait pour être délivré, et c'était peut-être dans cette même chambre. Filipo Borsi, deux fois, avait sauvé Venise ; ce n'est pas le Doge qui était marié avec la mer, c'était lui ; c'était lui qui couchait avec la mer (il répétait entre deux crises, quand il avait repris un peu de souffle : « Elle n'a pas voulu de moi pour finir, la garce ! »). On traînait la chaleur moite comme un manteau. L'ombre moite collait au moindre geste ; deux doigts que stupidement tu promènes sur tes lèvres. Un désordre de départ. Non, elle n'avait pas voulu de lui ; il devait penser : « Je lui répugne. » Ce n'était pas facile. Que dire à qui va mourir ? Tu n'as pas appris le langage qu'il faudrait — et le saurais-tu, peut-être tu tricherais... Quelle tentation ce pourrait être, tromper la mort ! Toi, Fabiani, tu épiais le roué visage usé, et les mains à la dérive sur cette eau morte, les draps. Mais on ne trompe ni la mort, ni l'amour ; seulement les êtres qui les portent et nous les rendent visibles. Notre liberté dépasse-t-elle qui nous aimons ?

Il froissait une grande carte marine (le bruit de l'eau sur des roches). Filipo Borsi, Grand Commandeur de la Mer, étouffait et entendait le bruit de l'eau sur les roches, qui venait, montait jusqu'à lui, à son lit pourri de vieillard malade, non, de vieillard mourant, il le savait bien et tu ne pouvais rien faire pour le sauver de sa peur.

Une espèce de mélancolie envahissait le peu de ciel qu'il lui était possible d'apercevoir, de l'autre côté du canal, entre les minces cheminées ; les murs des palais silencieux et la géométrique Raguse, les îles, les rues dallées désertes la nuit, tu en plies et déplies le plan.

C'était un jour futur.

— De qui me vient cette mort qui n'est pas la mienne ? Fabiano, il faudrait mourir proprement, pas de cette manière, pas comme une vieille barque pourrie qui prend l'eau ; et pourtant voilà ma mort (et la main du vieillard se levait vers lui).

Elle demeurait un moment ouverte et comme éloignée de tout, vide de toute chose. Large, et ses longs doigts trop malins, jaunie et hésitante, elle planait un moment au-dessus du vieux corps abandonné sous les draps, et c'était cette main qui avait épousé la mer mieux que le Doge.

— Venise aussi va crever, dit-il ; toi seul tu pourrais ; mais après...

Il étouffait, entre ses phrases ; puis la main se levait, l'aidait à arracher les mots, les accrochait devant lui dans l'air sale de la chambre. L'odeur grasse de l'huile des lampes bougea sournoisement (il avait méprisé la mort et avait cru qu'elle ne serait qu'un accident et non pas une fin...) et s'installa dans la pièce.

— N'est-il pas plus facile de bien mourir quand on a bien aimé ?

Il fit un si grand effort pour se dresser qu'on entendit

craquer dans son corps. La lumière jaune montait, descendait. La main monta, descendit, attrapa un peu d'ombre et chercha à l'arracher du visage, mais la nuit moite collait à la peau. La nuit coulait sous sa peau et faisait des taches. Il fallait qu'il parle, encore, mais le souffle se perdait, les mots dansaient devant ses lèvres comme des mouches ; Fabiano se pencha sur lui pour essuyer son dernier visage ; et il régla une lampe qui fumait. « L'amour », dit le vieil homme. La mort, il pensait ; ou peut-être à sa mère, à la gloire... à quoi peut-on penser ?

Il disait : « J'ai engrossé des femmes sans me soucier et maintenant je suis gros d'une mort ridicule, répugnante. Repoussante vérité. »

Tu songeais, on devrait toujours penser à la mort comme à l'amour et faire que ce soit le meilleur possible. Et la galère capitane entrait dans la chambre entre les lampes, dans la nuit.

Et ce masque que le bonheur nous prête, la mort devrait nous le rendre, et nous en parer.

Le vieux guerrier n'en finissait plus d'étouffer. Il s'enfonçait lentement, sa vie et ses gestes, l'or et les honneurs avec la ville reposaient sur un fond de vase et le temps l'abandonnait à son pourrissement.

Un feu le dévorait de regrets et l'âcre odeur montait de ce feu. Maudite soit la vie qui n'a plus que ce feu-là dans son âtre. Sur les couvertures, les mains du vieux Filipo s'agitaient toujours. Et toi, Fabiano Fabiani, tu regardais la mort aller et venir précédée par sa meute d'ombres qui lui mangeait les mots sur la bouche.

La nuit ne s'émeut pas. Elle poursuit sa démarche calme entre les toits, et là-bas, sur la terre italienne, au-delà des lagunes, elle avance légèrement entre les arbres, indifférente et souveraine. Rien ne sera longtemps troublé ; dans très peu de temps, le manteau de la nuit passera sur ce corps et l'effacera pour toujours. Mais il se peut que la mort, pour t'avoir vu si près, ait pris goût au dessin de tes lèvres, à ton allure, à ta voix, et soit, soudainement, affamée de toi... et du sang et de l'or inscrits sur le livre de Venise... Que souhaiterais-tu si tu devais mourir ? Le désespoir, ce n'est peut-être que ce léger écart entre ce qui est simple, et ce qui est impossible.

La petite lampe s'est remise à fumer. On entend une rixe de bateliers et des rires. Oui, Fabiano, tu es venu : tu es là, tu n'as pas bougé. Les vieilles mains errent sur le lit et ne te connaissent plus.

L'avait-il fait venir pour mieux mourir ? Pour ne pas mourir tout à fait ? N'être pas seul, ultime mensonge. Et pour que joue l'ultime ressort de la machine, cette égoïste espérance des vieillards qui exige de la jeunesse qu'elle reprenne ce qui leur tombe des mains... S'il pouvait, il lui soufflerait bien des raisons meilleures. Mais il n'avait rien prévu. Il avait attendu, tout le jour, comme hier, et aussi le jour d'avant-hier, entre les médecins imbéciles et les visiteurs hypocrites. Acre odeur du lit, et les relents fades des potions qu'il a refusées. Il faudrait changer cette lampe à mauvaise mèche... Oui ? Le vieil homme l'appelle et le voit mieux. Il dit qu'il sent la sueur couler le long de son cou, comme des bêtes. Le bruit de l'eau, tout à l'heure, que faisaient les grandes cartes remuées. La mer, quand elle se retire. Et ses mains se tendaient sur l'eau morte des draps. Une sorte de houle grise s'engouffre dans sa bouche. Un grand espace abandonné par la mer.

De la barque arrêtée au bord du canal, Fabiano regarde la haute façade rouge du palais, qui s'enfonce dans l'ombre comme du sang qui sèche. Il fait plus frais, il fait nuit, on serre un peu son manteau. La petite lueur veille toujours derrière la fenêtre. Une barque, des masques chuchotants et rieurs, qui se retournent et l'un d'eux lance une plaisanterie. Une église sonne pour un office — quelle messe à cette heure ? Il faisait tout à fait nuit maintenant ; quelque chose tombe dans le canal ; une fenêtre se referme. Tout est calme, habituel. Il est là, il a écouté, accepté ; il est surpris, on lui force la main, il force la chance. Un vieil homme solitaire le choisit, l'impose, le dore du reflet de sa gloire. Tout est facile. A Rome, il apprend au Pape à jouer à la bassette ; la chance l'adore — en revenant de Vienne, il échappe aux Turcs.

Le palais, l'argent, la gloire ; la mort lui avait tout légué par les mains des vieillards, à lui qui n'avait jamais rien demandé. Il faudrait une raison pour durer. Une raison d'aimer vivre pour autre chose que ces choses qui passent, et qu'on puisse accepter le jour comme une promesse et la nuit comme un repos. Quelque chose qui reste au fond de nous comme une lampe, une petite âme sauvage à caresser. Tout ici s'effondre dans la solitude. Et se satisfaire de la chance, c'est faire son bonheur de ce qui ne rend pas heureux. La mort quand il sera bien seul sous les décombres dorés de la vie, la mort s'avancera pour lui lécher la figure.

Il était arrivé à la fin du jour, pour assister le vieux Filipo dans ses derniers moments. La mort avait pris à Fabiano sa famille — son oncle avant de mourir avait jeté par les fenêtres le reste de sa fortune. Au moins était-il riche d'insouçiance. Il était chez Simonetta quand on était venu le chercher. (La lumière tremble derrière la vitre et s'éteint.)

Pourquoi la mort n'est-elle pas la meilleure amie des vieillards ? Il n'y a qu'avec elle alors qu'il ne soit plus dégoûtant de se coucher. La jeunesse, qui pourrait à bon droit se cabrer, se couche pour mourir avec beaucoup de grâce ; comme pour l'amour... Le temps, le temps terrible détruit tout, autour de soi, à l'intérieur de soi ; tout est déjà fini sur ce visage noirci qui roule sur la soie des coussins, à l'abandon. C'était la défaite et le naufrage dans un océan de ténèbres, une écume salie passant sur sa bouche.

Filipo faisait de pauvres gestes maladroits pour s'arracher encore des phrases. Ne pourrait-il s'endormir tranquillement — mais non, il fallait donc qu'il fouille désespérément des yeux et des mains les recoins d'une tombe dans laquelle il roulait comme une pierre —, et ses mains allaient de sa poitrine à ses lèvres, ses bras maigres se battaient dans l'obscurité. Tu t'es approché du lit doucement, avec un peu de tristesse. Tu t'es assis près de lui et tu as pris l'une des grandes mains aveugles dans les tiennes, et elle s'est d'abord débattue, avec les mouvements traqués d'une bête. Tu es resté près de lui, pour l'aider à mieux finir. Pourtant sans autre pouvoir que ta présence et cette illusion qui était sienne (et tu la voyais briller encore un peu au fond de ses yeux), que tu héritais son ambition...

Je suis près de vous, je ne vous quitte pas, je suis là parce que tout est simple, parce que je reprends de vos mains ce que m'a donné, ce que m'a préparé votre rude bonté, pour vos projets, pour votre mémoire — le temps ne saurait rien dissiper de ce que vous avez voulu et il vous reste maintenant le calme et la joie d'avoir partagé ce qui justifiait tant de peines et de luttes — tout est simple et tout demeure...

Tu ne possédais pour l'aider que ton silence. Tu pensais à la musique des mots des poètes, aux poèmes étranges et sombres de Saint-Sever, à cet andante d'un concerto de Marcello que tu aimais par-dessus tout ; et que tout cela était né de la mort de folles promesses, de la promesse éperdue de sauver à jamais quel reflet fugitif de la beauté du monde passant vite sur un visage ? Illusion offerte, et volée.

... et l'instant où tout se perd est-il notre seul moment d'éternité ? Tout passe, et tout recommence ; tout est simple ; tout demeure...

C'était très simple ; tu savais qu'on ne peut rien pour personne — peut-on même quelque chose pour soi, pour se sauver de soi. Montovano dit que l'amour, la haine et le bonheur sont des malentendus. Il a peut-être raison. Tu ne sais rien de moi, je ne sais rien de toi ; je veux ton bonheur, sans connaître ce qui serait ton bonheur... Tu t'approches de la mort de Filipo, tu lui dis : Soyez clémente, emportez-le doucement, avec des gestes naturels qui apaisent ; prenez un visage rieur, ne soyez point redoutable — elle ne t'entend pas, elle ne veux pas t'entendre et ne le peut plus, car elle ne parle que son langage à lui et toi tu es là comme un étranger stupide à qui échappent les gestes et les réponses d'un rituel royal. Nous avons chacun, comme un visage, notre propre mort à reconnaître. Tu as commencé de le comprendre à ce moment. Mais la mort à chaque instant ? L'être le plus aimé se défait dans nos bras sans que nous puissions rien, et nous changeons, dans le temps même que nous rêvons sur son épaule, sans savoir, sans rien pouvoir. Tout demeure, comme l'huile dans les lampes, le temps de la brûler.

masques

— Laura, il faut venir ce soir, dit-il ; il y a fête pour moi !

Il riait silencieusement ; il avait des dents très brillantes et très petites. Un visage doux, et l'autre visage coupant : deux profils qui ne se rejoignaient pas.

— Il fera très beau, et nous aurons tout Venise ; l'abbé est invité déjà, mais vous, on ne savait pas que vous reviendriez de la Brenta : alors, vous êtes invitée, Laura ; il faut venir.

— Mais Giovani ne pourra pas.

— Ce n'est pas bien, reprit Tomaso, mais vous, Laura ?

Sur sa peau, très près, elle sentait son regard précis, il lui prit le bras et sans lui répondre elle se tourna vers l'abbé : « Pourquoi une fête pour Tomaso ? » On donnait donc des soirées pour les vauriens. (Il savait qu'elle n'irait pas, elle n'avait jamais été à aucune des soirées de Tomaso, mais il était là, comme une peste, et il dit : « Qui est donc dans votre chaise ? ») Il lui tenait le bras, et ils étaient sans cesse bousculés, Montovano suivait, les porteurs suivaient — c'est vrai qu'il faisait beau ce soir et elle pensait à quelque chose d'agréable, elle avait envie de quelque chose de simple en accord avec le calme du ciel, et de s'asseoir, par exemple, devant le canal pour attendre la nuit, sans parler ; mais pourquoi ? se demanda-t-elle, et elle aperçut l'île San Giorgo rose et blanche dans la lumière, comme elle ne l'avait jamais vue.

— Tomaso a vingt ans ce soir, dit-il en serrant plus fort son bras ; il est bon pour cela qu'il y ait du vin, des feux sur l'eau, des femmes, les femmes les plus belles — mais si vous venez... Qui donc est dans votre chaise ? Il se retourna mais à six pas et à cause de la foule on ne pouvait voir. Tomaso porta à ses lèvres la main gantée de la Foscarini : — Ah si c'était la chaise de l'abbé, je le saurais déjà ; Giovani ne sait pas garder un secret et plus le secret est piquant, plus il parle !

— Votre anniversaire ne m'amuserait pas. Elle retira sa main. Qu'il ne se mette pas en frais pour elle. Sa mère ? Comme à son ordinaire, mélancolique et elle s'ennuie toujours, cette soirée la distraira peut-être... Il dut lâcher son bras car le pont était encombré. On avait toutes les peines du monde à se frayer un passage, ceux qui étaient arrêtés là n'en voulant point descendre, ceux qui passaient ne voyant point pourquoi on s'arrêtait, voulaient voir et ne voyaient rien et tout ce tohu-bohu pour un moine qui vendait des cantiques, chantait, vociférait plutôt, puisant dans un panier, comme une loterie, des hymnes à sainte Lucie ou Dieu sait qui, pour un peu de monnaie, ou des invocations à saint Georges ou saint Marc. Elle pensa à ce qu'on racontait des nuits de la Cà Monselice. Elle se retourna pour chercher Montovano et vit la figure pâle et bizarre de Tomaso à trois pas — il était avec l'abbé et ils tentaient de la rejoindre quand elle commençait à redescendre le pont dans la bousculade et cent phrases perdues comme les reflets du soleil sur l'eau agitée des canaux. (Elle ne viendrait pas, il en était sûr, cette nuit-là, pour lui. Ni cette nuit, ni les autres. Elle ne l'aimait pas et il ne la désirait pas, mais quand on n'attache de prix à rien, rien n'est plus exaspérant qu'un désir empêché ; et il faudrait un jour qu'il lui fasse payer le prix de son dédain ; Tomaso avait les qualités de ses vices, mais c'est à eux qu'elle s'arrêtait — il en devenait blanc de rage en se rappelant qu'elle avait eu le front de le lui dire, et pourtant il siégeait au Grand Conseil, lui, Tomaso Monselice).

Et la rejoignant au bas des marches, Tomaso dit :

— Vous avez peut-être des nouvelles de la guerre ? On ne cache rien à une Dame de Venise...

— Je n'en ai pas cependant.

— Ah ! si les plus jolies femmes n'en ont pas...

Tomaso la regardait effrontément ; il s'inclina :

— C'est vrai, comme le temps passe ! comme le temps passe, n'est-ce pas...

Il les quitta, serrant les dents sur son mauvais sourire et ce visage qu'on ne pouvait plus aimer.

— Il est laid, dit-elle.

— Mais non, dit l'abbé.

Le bruit, les cris, ce mouvement de foire lui gâtaient son plaisir. Sous leur masque, ceux qui sont enveloppés dans un manteau sombre, ainsi que les lois de la République l'exigent, et ceux-là dans un *tabarro* éclatant, car ils se moquent des lois, tous elle les voit, emportés, entraînés, mêlés, criant et riant et ne retenant rien de ces moments qu'il faudrait savoir préserver, ces rares moments où la vie est pleine et simple. Ce qu'elle n'est peut-être pas pour eux, pleine et simple... Tels des grains de blé dans un tamis, la foule remuait lentement entre les galeries et ne s'écoulait point ; là-haut au fil de l'eau du ciel, le crocodile stylite ; ce crocodile la faisait rire. Mais elle pensait aux terrasses blanches au bord de la Brenta, une solitude qui lui était chère, dans l'ombre lumineuse et bleue des feuillages. Elle avait envie de regarder le soir couler entre les barques et les îles.

— J'aime le soir, et voir les palais changer de couleur, et le ciel, dit-elle à Montovano ; j'aime bien Venise, mais je trouve très tristes tous ces plaisirs sans bonheur. Je vieillis donc si vite ?

— C'est Venise qui s'abîme : quand on ne peut plus se faire craindre ni plaire, il est bon de savoir amuser. Mais vous, vous n'avez jamais appris à vous distraire, Laura. Vous passez brillante et secrète entre les jours comme la nuit. (Le bonheur n'est sans doute qu'un heureux malentendu — cela la surprit, elle n'y réfléchissait pas, elle le ressentait brusquement : qu'il soit revenu, qu'il soit là, de nouveau, parmi eux, près d'elle, donnait aux années passées un goût amer d'illusion coupable.)

Oui, il fallait qu'elle soit heureuse, sinon ce serait pire. Et tout, soudain, lui faisait peur, qui lui échappait. Et de la guerre, dont personne ne parle, dont on ne veut pas parler, reçoit-on aucune nouvelle, jamais ! Depuis la fête folle, offerte par Vittorio Pedrassi, dans son île dalmate, pour le départ de la flotte, c'était comme si Venise n'avait pas eu ses escadres en mer ni son destin à la merci d'une bataille. La chaise seulement passait le pont ; ils l'attendirent au coin du palais ducal. Montovano, avec application, prenait une pincée de tabac.

— C'est, je crois, du tabac de Turquie, dit l'abbé doucement.

Les porteurs n'avançaient pas, dans la foule, et il

suivait par-dessus les chapeaux les soubresauts de la chaise...

— Giovani, c'est un vœu que vous avez fait aujourd'hui de ne pas me répondre ? Elle avait ôté son masque, et il remarqua, très discrètement attentif, que la chère Foscarini était particulièrement belle le soir et, ce soir, capable d'émouvoir, émue, peut-être :

— Il est très malade, et il sait qu'il est très malade.

— Pourquoi est-il revenu ? ce n'est pas sans raison grave, dans un tel état.

(Saint-Sever à Venise, appelé, qui sait ? par Fabiano ; mais il ne le lui dirait pas. Le passé ne pouvait pas renaître, ils ne pourraient plus... C'était impossible. Quel rôle, alors, pour elle ? Nous serions fous... et une fois encore elle sentit sourdre l'envie animale de se pelotonner dans un coin, loin de tout, sous des arbres tranquilles, le long de la rivière pour oublier et ne plus penser et pouvoir, pour elle seule, et seule, mettre son passé au monde et en finir avec.)

L'abbé haussa les épaules. Il ne savait. Il la regardait sans rien dire, sans guère d'expression, comme on regarde une étoile dans une lorgnette. Sa figure de rat, sous le tricorne noir, ses gestes calculés et doux ne le trahissaient pas volontiers. Elle s'arrêta si brusquement qu'il faillit la heurter.

— Est-ce à cause de moi ? Mais non, ce n'est pas possible ; c'est pour lui qu'il revient, et il ne le reverra pas.

*

Les porteurs de torches étaient alignés sur les marches au bord du canal ; l'eau noire s'affolait, nid de serpents luisant sous les flammes. Il était donc venu, tard dans la nuit. Il n'y avait plus que deux ou trois couples qui jouaient aux cartes dans le salon. Il s'était assis près d'elle, avec cette figure qu'il prenait toujours à la fin d'une promenade en barque, d'une soirée de théâtre, d'un souper, cette figure qui paraissait vouloir rester avec vous, même quand il serait parti, que tous se seraient quittés. Pourtant, jamais il ne convenait de cela — qu'il était triste de vous abandonner, ne fût-ce que pour quelques heures — et, obstinément, il défendait qu'on le dérangeât chez lui ; c'était comme s'il se fût préservé, dans sa solitude ; mais de quoi ? Toujours il avait eu ces visages posés les uns sur les autres, et qu'une émotion, un enthousiasme défaisaient, faisaient glisser ailleurs, sans qu'on sache quel masque était le vrai, celui auquel justement il se confiait après qu'il vous ait quitté. Les femmes aiment les mystères, quand elles en sont les confidentes. A quoi pensait-il vraiment, on ne pouvait jamais le savoir. Ils étaient assis l'un près de l'autre — ou plutôt elle l'avait fait asseoir à ses côtés sur un petit divan, et ils étaient là, sans parler. Les ducats sonnaillaient par saccades à la dernière table de jeu, marée d'argent mourant avec les lampes. Les fenêtres étaient ouvertes sur la nuit d'été. Le silence, entre eux, avait-il duré si longtemps ? elle ne se souvenait plus. Quelques minutes, ou quelques années, le temps passait chargé de ces choses qu'on ne sait pas bien dire, et les emportant, ces choses qu'on ne dit pas sans les abîmer ou les trahir. Ce qu'elle avait cru impérissable, c'était une extrême jeunesse, grâce à quoi on pouvait beaucoup attendre, et beaucoup offrir. Elle avait peur soudain que les fruits de ce jardin ne soient plus que des fruits d'or pour sa faim. Il lui avait dit, ce soir-là, qu'il partirait bientôt, qu'il devait regagner son pays. — Et Fabiano ? — Oui, dit-il, il sait. Il ne pouvait rester toujours... La lourde nuit d'été tournait autour des lampes, dans les salons trop meublés, enfumés par les chandelles de cire qui mouraient ; et partout des verres poisseux dont l'éclat luisait doucement ; l'éparpillement des petites chaises basses, sous un fauteuil, une chaussure dorée, seule, témoin de quelle fuite ou de quel abandon... Les musiciens étaient partis. Nicolosia venait de s'en aller. Deux laquais immobiles attendaient à la porte du salon chinois les enragés joueurs de pharaon... Elle détestait la fin de la nuit dans les palais en désordre. Qui le proposa ? Elle fit armer sa gondole, chercher deux robes de chambre et ils allèrent à la mer dans la nuit superbe, se baigner sur la grève qui sommeille, à peu près déserte, entre l'Adriatique et la lagune. La nuit était bleue et brillante.

Il lui avait posé un châle sur les épaules et s'était adossé aux coussins de velours et, sans parler, la regardait. C'est peut-être ce qu'ils n'avaient pas dit qu'elle inventait ; sans souvenirs, on n'aurait pas d'imagination. L'été, s'il faisait très chaud, ils allaient ainsi se baigner à la Porte du Lido, à la fin du jour, ou, plus souvent, quand la nuit se défait et que tout se décolore et devient irréel. Et toutes ces barques, et les gondoles tels des serpents sacrés d'Egypte, signalées chacune par un simple fanal, sont comme le rassemblement sur la mer de magiciens ou de grands prêtres qui, dans des temps très oubliés, seraient allés implorer le soleil de paraître. Mais, s'il lui avait demandé de prononcer un vœu, de formuler une prière pour le lever du jour, pour que le jour se lève, elle n'aurait su que dire, ni rien implorer. Elle n'imaginait rien qu'elle ne possède ; sa vie s'écoulait ainsi, sans malheur — sans bonheur. Pourquoi eût-elle été malheureuse ? Elle, Laura Foscarini, aurait à une pareille question rit avec étonnement. Chacun a sa manière de souffrir. Le temps recouvrait les phrases et les visages, on en retrouve des fragments sans ordre, brisés et dispersés... Le départ de Saint-Sever pour la France — sans qu'ils puissent imaginer se revoir jamais — lui avait donné un plaisir triste qu'elle ne se reprochait pas, qu'elle n'avait pas détesté, mais, alors qu'ils prenaient pied et qu'il l'aidait à gravir la légère pente de sable, elle s'était sentie terriblement seule et privée de désir. Elle croyait comprendre aujourd'hui pourquoi, encore que les années effacent moins les gestes et les phrases que la raison des choses. Elle pesait mieux, soudain, le prix qu'on paie à la mélancolie. Ils avaient marché, s'éloignant du trait noir de la barque, et tout était gris humide et salé, la mer et la nuit confondues dans un même éclat d'étain luisant et triste. Il l'aide à se dévêtir ; l'énorme fleur pourpre de la robe se rassemble autour de ses jambes. Son corps couleur du sable, qui était pâle et très doux. Ils entrèrent lentement dans l'eau réveillée. Il lui tenait la main ; elle n'avait pas de peur, elle savait ses seins durcir, contre la mer. C'était un peu de perversité.

*

Tout à coup, il y eut une telle presse sur la piazzetta qu'on n'y pouvait plus guère avancer. A côté d'elle, un gros homme vitupérait ses laquais, et un Oriental, coiffé d'un énorme turban, tournait sur lui-même, autant que faire se pouvait et cherchait quoi : l'Orient pour sa prière, sa bourse volée ? Elle serra dans ses poings les deux pans de son manteau, et tenta de rejoindre sa chaise, qui devait être immobilisée, et Saint-Sever en train d'étouffer. Elle le vit alors, qui était descendu et attendait, pâle sous son hâle de voyageur. Montovano proposa d'aller dans la plus proche boutique, sous les arcades, se rafraîchir.

— Ce sera bien, dit le Français ; je n'ai pas envie de rentrer déjà.

— Mais vous êtes fatigué, n'est-ce pas ?

— Je ne suis pas si malade pour avoir fait trois cents lieues ; venez, voulez-vous ? Il ne dit pas que ces trois cents lieues terribles lui avaient mangé à peu près le reste de sa vie ; il se savait comme un cerf forcé, un voile de sang sur les yeux, qui sent les chiens et ne les voit plus...

Non, il n'allait pas manquer le plaisir des nuits occupées en bavardages ; et il n'était pas tard, à peine la nuit... Il la regardait en souriant : « Vous souvenez-vous ? Autrefois, nous n'allions dormir qu'avec le jour. » Comme si son corps n'était plus habité que par un être lointain et las, qui faisait effort, sa voix s'était courbée, inclinée à l'intérieur de lui, sourde... Et ses yeux hésitaient dans la nuit, cherchant une place où se poser sans craindre d'être lus.

— Je ne suis pas si malade, répéta-t-il avec la peureuse obstination d'un enfant. Elle lui donna son bras, et ils suivirent l'abbé. Si Saint-Sever était ému, il ne le marquait en aucune manière. « J'imagine, j'imagine toujours », se dit-elle. Il la conduisait, dans les pas de Montovano, à peu près comme il eût conduit au bal une statue, dans la foule aveugle et jacassante et l'appel des bateleurs. Le café était plein, mais l'abbé, qui ne faisait que ces miracles-là, se fit donner de la place au fond, près d'une porte sur les cuisines, dans lesquelles régnait la plus extrême animation. La Foscarini garda son masque. Elle se souvint de l'invitation de Tomaso, et parla des Monselice à Saint-Sever, qui ne se rappelait pas les avoir connus. Elle parla alors de la France, d'un court séjour à Lyon et aux eaux de Bourbon, des Français de Venise, de l'Opéra. Il répondait à peine. Il y avait autour de ses yeux une marque d'une mystérieuse gravité — non plus le cerne que l'amour imprime vivement sur le visage des très jeunes gens, mais une tache laissée par les doigts de la mort. — J'imagine trop... Pourquoi était-il revenu ? — Ils ne pouvaient plus que gâcher des souvenirs qui étaient peut-être si différents pour chacun d'entre eux. Tout se défaisait. Pour la première fois, le temps lui apparaissait dans toute son horreur.

Montovano parlait beaucoup. C'était, autour d'eux, une cohue, un va-et-vient continu, des cris, des rires, des rencontres, des interpellations et non seulement en vénitien, mais en trois ou quatre langues d'Europe et tout ce bruit, cette animation, cette allégresse et cette vivacité, ces cent conversations à bâtons rompus laissaient dans l'esprit la scintillation imprécise, éblouissante et fugace que laisse le soleil sur la mer. Sa fatigue l'abandonnait et, curieusement, à mesure qu'il mangeait un sorbet glacé, il sentait une fièvre le gagner, qui lui donnait plus d'allant, une sorte de légère ivresse, et, de nouveau, l'angoisse cédait. Il entendait Laura lui demander s'il serait longtemps à Venise, et s'il avait décidé de ce voyage à l'imprévu (pourquoi, pensa-t-il, faut-il toujours prévoir, et trouver des raisons), et il répondit : « Personne ne le sait. » Il sourit et ajouta, sans la regarder, que personne ne pourrait vivre sans imprévu.

— Pourtant...

— Oui, les prisonniers ; mais l'imprévu, c'est ce qu'ils espèrent de chaque heure qui passe.

— Pour moi, pas trop n'en faut, dit Montovano. Je me tiens à ce que j'ai choisi. Ce qu'on veut y ajouter ne vaut guère mieux la plupart du temps. L'imprévu, c'est la part du diable ! Chère Laura, quand je ne parle pas de Dieu, c'est du Diable que je parle. Et n'est-ce pas cet imprévu qui a permis que les prisonniers fussent en prison ?

— Et la part de Dieu ? Que fais-tu de la part de Dieu ? se plaignit un homme long et mélancolique, long et maigre, exceptionnellement maigre, qui d'une poigne solide prit le cou de l'abbé et de l'autre lui fit descendre son chapeau sur le nez.

— Tu ne réponds pas, mécréant, dit-il tristement.

— La part de Dieu, c'est quand tout va comme il te plaît, riait l'abbé en sortant du chapeau.

— Grand Créateur, tu ne dois pas être accablé par l'ouvrage ! proféra le grand homme maigre. Il leva du bout des doigts le loup de la Foscarini : « La plus jolie femme de la République se cache », dit-il en poussant un profond soupir. Et, se tournant vers Saint-Sever, il plia en quatre longs morceaux son interminable manteau (dans quoi on pouvait bien penser qu'il n'était pas, et que ce vieux drap troué ne recouvrait qu'une apparence d'être là).

— Gozzi, plumitif.

— Vaniteux écrivain, dit l'abbé, qu'écris-tu ?

— Rien que de souverainement inutile, des poésies pour les gazettes, pour ces goujats qui sont assis autour de nous et qui n'ont dans la tête que le bruit que font leurs ducats dans leur bourse. N'écrivez pas, monsieur ! N'écrivez jamais ! Ou bien, n'écrivez qu'un seul poème, que dis-je un poème ! un vers, un seul vers de toute votre vie, mais que celui-là soit de vous — je veux dire, qu'il vienne doucement, lentement, du fond de votre âge, de vos racines, qu'il soit ce que vous voudriez dire au monde quand on vous coupe la gorge et que celui-là seulement, on vous le laissât dire. Ecrire pour manger, c'est vivre pour travailler, donc souffrir et vivre mal. Ah ! si j'en avais le loisir, je dirais que je vais écrire un éloge de la paresse, et ne l'écrirais point.

— Voilà qui est fait, dit l'abbé ; tu n'as jamais été si prompt en besogne !

— Voici le fils de Pythagore, suivi des Sages de la Grèce, suivi de Sa Seigneurie Illustrissime le Doge, proclama Gozzi, un œil vers la porte. Il but le chocolat de l'abbé, en soupirant encore, et se redressa en criant de sa voix funèbre : « Vive le chocolat ! Foin de la salade ! » Mais l'abbé Testa ne daigna point s'interrompre dans sa marche et gagna les cuisines avec dignité, suivi de sa cour, et du Doge de Venise, pour y laver à l'eau claire, à grands soins, les salades et les radis de son dîner, dans le tumulte qui redoublait.

— La République est bien malade ; les légumes sont nos maîtres ! Il paraît aussi que nous faisons la guerre aux Turcs — ou plutôt, les Turcs nous font la guerre, gémit Gozzi.

Sa longue figure s'éloigna et pendant longtemps on put la voir, ici et là, de table en table, aux prises avec des personnages de tout rang, écouter une histoire, se faire arracher une commande, boire un peu de limonade, mâchonner trois mots ; et puis il disparaîtrait dans la nuit, pour regagner son hôtel délabré, où sa femme écrivait, ses enfants écrivaient, et où il s'assiérait sous sa lucarne vide de tout carreau, pour écrire, entre l'oignon cru de son souper et une chandelle de suif, jusqu'au jour, avec de petits rires intérieurs qui ne lui passaient pas les lèvres, et une nonchalante mélancolie.

Montovano se fit apporter un autre chocolat. Il aimait bien Gozzi. Il n'aimait point l'abbé Testa, tout pythagoricien qu'il fût, et bien que le Doge lui épluchât ses radis. Mais on vint chercher le Doge (il se fit répéter une nouvelle qui, sembla-t-il, le surprenait). Sa Seigneurie abandonna les légumes et, après s'être essuyé les doigts, sortit du café, sans hâte, avec une impassibilité totale, répondant simplement aux saluts avec la main, qu'il tenait levée à hauteur de sa poitrine, comme pour bénir les citoyens de la République, ou se protéger d'un coup, qui, le frappant, frapperait la Sérénissime tout entière.

Quelle étrange ville, et comme il l'avait oubliée ! C'était, surtout, qu'elle surprendrait toujours... Saint-Sever n'imaginait pas le roi faire la cuisine au café Procope, aidé ou aidant M. de Crébillon, discutant sur le velouté d'une sauce... Et puis, il y avait la guerre, et tout ici chantait, buvait, riait, et pas un seul canon qu'on traînât dans la ville pour la mettre à l'abri d'un coup de main. La guerre, ils n'en parlaient pas ; c'était Carnaval. Si demain les Turcs entraient dans le Grand Canal, on les mènerait au bal ou au café ! « Je me fais rire, songea-t-il, mais ce n'est pas pour ça que je suis venu. »

Dans un groupe, à trois guéridons de là, Montovano était allé bavarder. A travers la petite table de marbre, Saint-Sever avança la main. Il sentait son cœur battre de travers. Il aimait le champagne de la fièvre, ça le faisait un peu rêver ; les choses seraient plus faciles, peut-être. Il était certain de quitter très vite tout ce qui lui était cher, mais, alors qu'il imaginait le long des chemins que ce serait un dernier et terrible déchirement de retrouver l'Italie et ses amis occupés à d'autres plaisirs et devenus des étrangers, c'est le passé qu'il voyait s'effondrer, se dissoudre dans les vagues du temps présent, ne laissant qu'une poudre aux yeux, qui n'est peut-être que du sable. Il n'était plus temps de rien. Les années cependant n'étaient pas si nombreuses, mais la vie s'était détournée, et maintenant, ne l'aimait pas. La salle entière brillait devant lui et il pensait à la magie de l'eau sur le marbre, dehors, à quelques pas... Il avait soif de la magie de ces eaux calmes, qui paraissaient arrêtées dans leur course, à jamais immobiles entre les pierres, eaux de silence et de mort — et le besoin de repos infini... A quoi songeait-il, lui qui portait sa jeunesse comme une blessure qui les avait tous blessés (elle se demandait s'il n'allait pas mourir, et ne s'étonnait pas de ne pas être émue). Elle ne disait plus rien, et suivait le jeu des ombres sur son visage, le partage du feu et de l'ombre sur son visage et leur duel dans ses yeux. « Sous son sourire, son absence, son masque ; et moi, se dit-elle, je rêve à quoi ? » L'été, les Vénitiens reviennent prendre du chocolat devant San Marco, au moment que le soleil se lève sur l'archipel et lèche à peine les tuiles des toits. Il avait du sel sur la joue, au coin des lèvres. Il avait quitté Venise. C'était une autre nuit.

Elle ne bougea pas quand il éleva sa main jusqu'à elle. Ses mains étaient très belles, brunes et longues, ses ongles bleus comme de froid ; seulement cela à quoi elle n'avait même pas songé, parce que d'habitude... Elle fit un geste pour ôter son masque.

— Un cheveu perdu, dit-il. Et sa main retomba sur la petite table ; elle avait à peine deviné sur sa tempe le passage rapide de ses doigts.

Son visage fermé. Comme le visage d'un homme se retire après l'amour.

fêtes

Cent soleils s'avancèrent sur l'eau noire du Grand Canal, éclaboussant les palais, enveloppant la multitude de gondoles et de barques d'une poussière de feu. Il y eut un instant de silence étonné, au cœur de la ville d'Europe où plus rien n'étonnait. On entendit, l'espace de quelques minutes, le seul bruissement rapide et sec de ce feu, porté par six grandes embarcations réunies en navire. Cette navigation annonçait à Venise les vingt ans de Tomaso Monselice. C'était aussi, sans doute, le Triomphe de l'Amour, puisqu'une vingtaine de jeunes gens et de jeunes filles à peu près nus, mais chargés d'emblèmes non équivoques, se serraient sur les velours d'un lit immense dominé par un baldaquin de bois doré, couronne de torches, de guirlandes et de blasons ; quatre hérauts peints en nègres, avec une petite culotte de soie d'argent, attachés à chacune des colonnes d'angle, tiraient de trompettes étroites et longues des sonneries étranges. Dans la nuit que déchirait le craquement des feux d'artifice, un nuage d'or et de poudre brûlée empesta comme une bataille. Spontanément, un mouvement se fit sur le canal pour laisser place aux trois barques arrangées en manière de chevaux, et dont les vingt-quatre rameurs entraînaient l'édifice de gloire — mais ce ne fut pas sans heurts, rires et pagaille, qui augmentèrent à mesure qu'on approchait du pont de bois de l'Académie, car chaque barque voulait sa part de spectacle, entendait accompagner le Triomphe de Tomaso, et plus on allait, plus l'eau s'encombrait, plus les applaudissements étaient nourris, plus nombreux ceux qui prétendaient s'amarrer au lit de l'amour, sinon pour en jouir pleinement, mais au moins pour juger en connaisseurs des charmes qu'une jeunesse à peine déguisée — mais savamment — promenait au son strident des trompettes de quatre faux sauvages. Et tant de paires de rames ne donnaient aux chevaux de bois flottant dûment caparaçonnés qu'une allure dont la majestueuse lenteur tendait à l'immobilité. Sur chaque coursier marin, la Signora procuratrice Monselice avait fait jucher un personnage symbolisant ce que, avec une bonne foi un peu courte, elle pensait être une vertu : la République Sérénissime, flanquée à droite de la Fortune, à gauche d'un jeune noble malade de la poitrine, qui était l'Honneur. On crut plus d'une fois que la Fortune tomberait à l'eau, car elle avait les yeux bandés ; la République provoquait l'admiration ; si la procuratrice avait bien imposé les Vertus, elle n'avait pas pris garde que la symbolique des costumes était réglée par Tomaso, et la très belle et très ferme gorge nue — à défaut d'un ruban — de la Ville de Venise, fit que la tête du cortège se perdit rapidement dans une flottille enthousiaste qui montrait l'entêtement des mouches sur les yeux d'un cheval et empêchait le tout d'avancer. Quand on s'aperçut de la cause du désordre, Tomaso s'approcha de Monsieur de Bernis et dit en riant : « Il faut que les Républiques soient un peu catin, puisqu'elles sont faites pour plaire au peuple ! » Tomaso, sa mère et ses hôtes — ceux qui avaient embarqué Cà Monselice, les autres rejoignant en gondole, ou attendant sur la Piazzetta —, se tenaient sur un second ponton flottant recouvert de tapis, à l'abri d'une tente de soie brochée, et près d'un buffet. Sur une petite estrade, les douze meilleurs musiciens de Venise et de Vérone attendaient la fin des pétards et des soleils pour un concert. Sous la fumée fauve et âcre de sa gloire d'un soir, précédé de ce joyeux vacarme, salué des fenêtres, des loggias, des gondoles, Tomaso caressait la tête de son lévrier blanc, et saluait les sénateurs qui venaient lui faire honneur en mémoire de son père ; deux heures qu'ils passeraient à boire à petits coups, en écoutant des médisances et des sonates de Corelli. On ne l'aimait pas, mais on aimait à s'amuser. Le seul qui l'aimât, dans cette mascarade, s'ennuyait : il regarda le triste Giancarlo, et alla s'appuyer sur son épaule. « Voici Da Ponte, dit-il ; et le vieux Vendramin, ce ratiocineur. Tous ces gens sont ennuyeux, et ma mère n'en oublie jamais. Ils ne meurent pas vite ! Mais tout à l'heure, nous aurons un peu de plaisir, j'ai fait venir des filles adorables ; et aussi j'ai pensé à toi »... Giancarlo dit : « Toi ? » Tomaso rit un peu, et ils allèrent s'accouder à l'arrière du ponton. Giancarlo leva les yeux vers la nuit où traînaient encore des fumées blanches et jaunes. C'est quand ils furent sous le pont de l'Académie que le concert commença. Le silence descendit sur le canal. Les rires, les conversations tues, les rames retenues, la musique, tout d'abord hésitante dans le bruit, fit quelques pas en dehors de l'orchestre et puis, enhardie par l'envol d'une flûte plus légère, s'élança vers les rives.

La barque de Fabiano suivait doucement le canal, à hauteur des musiciens. Domenico et lui avaient mis un masque. Ils n'avaient pas quitté des yeux le spectacle donné en l'honneur de Tomaso. Lui n'avait encore rien dit, depuis qu'ils s'étaient trouvés pris dans cette pagaille.

— C'est aujourd'hui l'anniversaire de mon frère, murmura Domenico.

Et, quand ils se furent approchés, ils l'aperçurent. Tout était écrit en lettres dorées autour de lui et il était là, avec Vaghezza, son chien blanc. Son frère ; il voyait ses mèches bizarres, et son regard fixe, qu'il n'arrachait qu'avec effort de quelqu'un, ou de quelque chose ; comme on arrache un couteau.

— Eh bien, nous avons une journée de retard, dit Fabiano ; la fête va perdre beaucoup sans nous... Il eut un sourire serré :

— A moins que tu veuilles ?

Mais le garçon fit signe que non, et demeura assis près de lui, sans bouger, suivant entre les couples et les groupes qui se faisaient et se défaisaient, se saluaient de la main, pour ne pas troubler le concert, son frère qui se reposait sur l'épaule de Giancarlo Bargello, le long de la balustrade de bois doré dont chacun des angles supportait une énorme torchère. Pourtant, un très bref moment, ses yeux passèrent sur le profil masqué de Fabiano, avec une sorte de passion déchirée. Mais il reprit son attitude attentive, et dit simplement : « Je suis bien avec toi. » Il laissa pendre sa main et l'eau coula entre ses doigts, paresseuse, trompeuse, obscure. Alors, il vit sa mère, et il eut à la fois envie de se jeter vers elle, pour lui dire (mais quoi, qu'elle puisse comprendre vraiment, avec eux tous !), et l'envie de se coucher dans son manteau, dans la nuit, avec son bonheur et sa tristesse.

Elle se tenait dans un grand fauteuil raide, près de l'orchestre, et accueillait les invités. On avait envoyé à chacun d'eux une chaîne d'argent, qui leur donnait accès à bord. Et c'est à ce moment, quand on eut passé le pont, qu'il y eut un autre petit tumulte, que soulevait une femme irritée qu'on venait de refuser parce qu'elle n'avait pas cette chaîne, et que son nom ne figurait point sur les listes. Son gondolier ne savait que faire, entre le refus du chambellan de la procuratrice et les protestations véhémentes de sa passagère. C'était la Fosca, rousse courtisane à qui le Nonce du Pape avait accordé jadis toutes les indulgences et que, présentement, l'ambassadeur du Roi de Sardaigne ne parvenait pas à calmer. Ses voisins commençaient de l'accabler de lazzi, quand la dame aperçut Tomaso, toujours rêvassant sur le bras de Bargello. Debout, ayant arraché son loup, elle criait vers Tomaso Monselice, mais quand il la vit ainsi, furieuse, il se mit à rire et, pour la narguer, par cette manie qu'il avait de toujours blesser pour se distraire, il embrassa Giancarlo sur l'oreille.

— Tu vois que je pense à te faire plaisir, murmura-t-il.

Il passa sa langue sur ses lèvres sèches ; une envie le secoua, monta en lui jusqu'à sa bouche... Mais folle de rage de se voir bafouée, la Fosca, dressée dans la barque, leva le poing vers le jeune homme et hurla, prenant à témoin les badauds penchés sur le parapet du pont, qu'il n'était qu'un impuissant, fils d'un impuissant ! Mêlé à la musique sereine, un fou rire tomba du pont, monta des barques. Sentant qu'elle gagnait son public, la Fosca étendit les bras :

— C'est tout de même moi qui t'ai eu la première ! Et ça n'a pas été un tel plaisir ! Tu ne me reconnais pas ? Regarde !

Empoignant, des deux mains, sa robe de velours, elle la rejeta au-dessus de sa ceinture, cambrée, découvrant d'un coup de reins sans vergogne ses cuisses pâles et sa toison fauve, le temps d'un éclair, le geste l'emportant à la renverse dans un fracas liquide, un rire immense et quelques accords perdus d'une petite symphonie de chambre.

— Tu as de jolies oreilles, dit-il à Giancarlo. Il s'éloigna vers l'autre bord, avec le désir de mordre. Giancarlo ne bougeait pas. L'eau noire du canal brillait et dansait, et tout ce bruit confus autour de lui... Tout cela se passait très loin. Il pensa qu'il pourrait être une pierre que les vagues de la mer useraient peu à peu, sans que rien soit changé au monde, et personne ne s'en soucierait jamais. Personne n'a jamais entendu une pierre se plaindre, usée par l'eau et le vent et disparaissant un peu chaque jour, creusant dans le sable sa place vaine. La flottille en fête s'amarrait devant la Piazzetta. Les gondoliers, aiguillonnés par leur maître, rivalisaient d'adresse pour approcher ce théâtre. Assis près de Giancarlo, le lévrier leva la tête, le flaira et lui lécha la main.

— Ce qu'on peut assurer, dit le vieux Vendramin, c'est que le Sultan joue toutes ses cartes. Et pourquoi l'Autriche dort-elle, hé ? Il se penche sur Bernis, et siffle entre les dents qui lui restent :

— Toute l'Europe croit que Venise n'est plus rien. Il coupe la nuit d'un geste sec : « Rien ! »

— Croire et savoir sont deux choses tellement différentes, murmura Bernis. Il pensait : « Une guerre de vieillards... »

Vendramin, quel âge ? Et Pagero, qui n'ôtait jamais son masque parce que c'était son visage, des yeux enfoncés au-delà de la mort ! Cornerini, plus de soixante-quinze ans ; Morosini : sans âge...

— Je sais. Un gouvernement de gérontes (Vendramin fit un autre geste pour découper la nuit des temps). Et les jeunes gens à la guerre. Je ne suis pas sans me demander parfois (il grimaça un sourire étroit), parfois, s'il ne vaudrait pas mieux que ce soient les vieillards qui fassent la guerre et les jeunes gens qui gouvernent !

— Mon cher, on a le gouvernement qu'on mérite — et rien n'empêche les vieillards de se laisser mener par les jeunes gens. Pourtant, croyez-moi, il est bon qu'il y ait un accord entre la tête et les jambes.

Giancarlo se sentait très seul. Oui, une pierre parmi des milliers ; sans importance... Il tendit la main et appela : « Vaghezza ! » — mais le chien avait rejoint Tomaso. Le ballet, Turcs contre Vénitiens, dansait sur une musique de Hasse, sous les cires qui grésillaient. La place était agitée par le mouvement incessant des manteaux et des masques, avançant, reculant, affamés d'un grain invisible qui se fût trouvé jeté à profusion sur le marbre, les derniers arrivés pressant les premiers rangs de la foule et menaçant de les pousser à l'eau. On apportait des lanternes, des chaises, pour voir, pour s'asseoir, pour s'y jucher en riant, s'interpellant, théâtre d'oiseaux bavards dans l'odeur des eaux mortes, des parfums trop vifs et l'âcre relent des lampes. Le combat sur le canal émerveillait. La *République* avait juché ses grâces laiteuses sur le lit de parade défendu par de gracieux sicaires et, avec peut-être trop de grâce, le jeune Cornerini gambadait au nez des *Turcs*. Son vieux père criait des souvenirs dans l'oreille perdue de la procuratrice. Les pièces d'or pleuvaient sur la scène flottante : on achetait les combattants, depuis les gondoles, et c'était devant la Salute endormie une criée, une vente publique. On jetait des adresses, on promettait mille et une nuits de plaisir.

— Qu'en pensez-vous, Monsieur ? demandait à Bernis l'abbé Chiaro.

— Que ce qui est beau ne requiert point d'indulgence.

— S'amuser à Venise est un acte institutionnel ; les peuples malheureux ne savent pas s'amuser !

L'Ambassadeur d'Angleterre, qui voulait le petit Cornerini et s'était déjà dépouillé de tous ses ducats, commençait de se dépouiller de ses habits pour aller le conquérir à la nage. « Vous le trouverez la nuit au pied du campanile, tout nu dans un petit manteau », lui dit-on. La fille d'un sénateur, qui avait escaladé les montants du baldaquin, s'empara de l'un des faux nègres dont la longue trompette alla se perdre dans le canal avec un jaillissement scintillant et bref. Quand tout s'immobilisa devant la colonne en haut de quoi saint Théodore piétine un crocodile, on la descendit du ciel barbouillée d'un noir plaisir. Tomaso suivait tout cela du coin de l'œil, et se gaussait de faire naviguer sa mère et ses vieillards sur un lupanar. Les Turcs, vaincus, furent amenés aux pieds de la blanche ***République*** par le bondissant Cornerini, qui les fouettait doucement d'une palme d'or. — « Ah ! Que je voudrais être turc », soupirait l'Ambassadeur d'Angleterre...

*

Quelle violence soudain, et quelle peur s'emparaient d'elle — et pourquoi ? Laura ne comprenait pas bien de quoi elle avait peur. Elle croyait avoir oublié tant de choses depuis si longtemps (c'était comme un désir qui tremblait dans sa gorge), depuis la fin d'années lointaines, son enfance ! — qu'elle n'était qu'une très jeune signorina, et se promenait le soir, dans le parc de la villa au bord de la rivière et qu'un dernier moment de soleil sur l'eau verte et les feuilles lui faisait battre le cœur sans raison. Alors, elle ôta son masque. Sur son visage la lumière. Sur son visage à lui : la nuit. Il prenait possession de son regard, de ses lèvres. Y lirait-il ce qu'elle ne pouvait dire ? Ce n'était pas à elle d'exiger moins que ce que d'autres lui avaient prodigué. Elle avait peur de ce que son visage avouait, mais elle avait plus peur encore de le cacher. Elle jeta son masque pour l'aider. Pour qu'ils puissent franchir le temps, revenir l'un à l'autre. Elle se penchait sur l'eau fuyante, le temps disparu,

(et lentement la mer se retire. Sur l'autre rive un peu de vent fait voler son manteau et lui aussi marche vers toi sous le ciel bas et tiède. Le bruit de la mer ! Et c'est alors que le sable devant tes pas se gonfle, se soulève et découvre une bouche de boue et de ténèbre, sans que tu entendes ce qu'elle profère, phrases immenses et silencieuses qui s'élèvent avec peine et se dispersent dans le ciel vert et triste. Un grand navire s'échoue très loin de tout. Une foule avance et murmure, et devance tes pas. Tu ne vois plus que ces manteaux noirs agités par le vent, tu tends des mains aveugles, tu cherches un mot qui tarde à naître, à te révéler ce que tu cherches et ne connais plus)

comme on se penche éperdument sur la bouche d'un être pour y trouver la marque illusoire d'une autre bouche qui est la nôtre. Une femme a toujours besoin de certitudes. Quelle violence en elle, et quelle hâte... Elle pensa que sa vie allait se déchirer en lambeaux, chacun s'en étant servi, lui ayant volé un jour, un instant, un plaisir sans que rien lui reste, peut-être parce qu'à trop se prêter on fait un marché de dupe. Elle sentit le temps lui échapper.

Le temps, les paroles inutiles, les heures perdues ; pour la première fois, Laura Foscarini pensa que quelque chose lui manquait :

— Maintenant, il faudrait que je me fasse reconduire, dit-il ; et vous, il ne faut pas manquer cette fête —

et même sa tranquille confiance dans sa beauté et dans la vie, c'est-à-dire l'assurance qu'un jour paisible et agréable succéderait à un jour agréable et à une nuit brillante sans que, par élégance, on pensât que cela dût finir en terre, comme pour les pauvres et les malades, sa tranquille assurance se retirait d'elle. Les doigts de la mort rôdaient sur le visage de Saint-Sever : elle le regardait mourir. Elle, Laura, commençait pour lui de disparaître. Son regard la cherchait comme il l'avait espérée au terme de la longue route et puis, la vie ayant peut-être ajouté trop de précision à l'image dormant en lui, ses yeux s'enfuirent sans courage... Au terme de cette route, que cherchait-il ? Toi ? Tu ne peux lui offrir que ta peur. Il manquait Fabiano.

— Je crois qu'il est sage que je me fasse reconduire, répéta Saint-Sever, doucement.

Il regarda autour de lui, cherchant l'abbé. Pourquoi la peur ? se demanda-t-elle ; tout lui parut tout à coup très difficile, sans solution, sans vérité... Et, cherchant à son tour dans la foule où était don Giovani, avec quel importun il pouvait avoir une aussi longue conversation, elle, Laura, qui n'avait jamais été malheureuse — il était même surprenant qu'elle pense à un tel mot, si peu vénitien, et qu'on ne rencontre que dans les romans —, comme elle sentait se dissiper la crainte irraisonnée qui l'avait troublée, et à quoi il ne valait pas la peine de penser, elle eut soudain le désir de souffrir un peu pour mieux l'aider. Une femme doit être pour un homme une espèce de religion : il faut de l'illusion, c'est la meilleure part de l'amour. Elle sourit dans ses gants : elle avait des mots de courtisane ! Pourtant, je suis sincère ; je le souhaite, je le veux... mais que puis-je faire : ils ne s'étaient jamais rien promis — et si Saint-Sever revenait à Venise, c'est que Fabiano devait revenir. Je suis seule, et je ne veux plus rien ; dieux ! qu'avons-nous fait de notre vie !

— Je crains que vous ne soyez pas logé très commodément chez don Giovani ?

Mais si ; il serait très bien. Une grande chambre au-dessus d'un jardin, et un petit rio très calme. Et les toits (il dit qu'il adorait les toits de Venise, qui prennent le soir la couleur des vins de son pays). « Oui, dit-il, je serai bien chez Montovano. » Saint-Sever leva les yeux et sourit. Sa figure était prise de fatigue, comme l'eau sourd d'un marécage.

Il faut, songea-t-elle, changer les pièces d'argent du service à fruit, qui est noirci. Elle aperçoit l'abbé.

— Je vais vous dire adieu, murmurait Saint-Sever.

Elle voit l'abbé qui revient à leur table. Il fait très chaud. Oui, il est temps pour lui de partir. Elle pense que quelque chose s'effondre entre eux, dans le bruit des chaises, des tasses, les rires. Un homme se lève et crie, furieux, *duce ! duce !* en jetant son chapeau sur la table. « C'est vrai, dit l'abbé, nous trichons tous ; ce qu'il faut, c'est tricher mieux. » Il prend Saint-Sever par le bras. Mais, encore qu'elle ne s'arrêtât même plus à cette idée que parler de sa mort, ou que montrer le visage de sa mort sur son visage était une sorte d'indécence, Laura Foscarini, alors qu'ils se levaient et gagnaient la porte avec peine tant la presse était grande, fut incapable de prononcer cette petite phrase que peut-être il attendait ? une phrase à inventer, parce qu'elle ne pouvait pas appartenir à ce qu'elle avait l'habitude d'entendre, de dire, à ce rituel de la société qui permet, quand on a des sentiments, de ne les point montrer ou, si l'on n'en a pas, de ne pas laisser voir qu'on en manque. Elle reposa, sur son visage, son masque, et serra la bautta autour de ses épaules. Le passé, leur jeunesse, tombait comme une pierre au fond d'un canal. Elle demanda : « Faut-il toujours tricher ? » Les deux hommes s'arrêtèrent et Montovano pencha un peu son bicorne ; il y avait une tache sur son jabot, probablement du chocolat.

— Dès lors qu'on sait comment finira la partie, dit l'abbé, il est bon de donner au jeu un peu d'imprévu. Vous en vouliez ; celui-là n'est pas dangereux. Vivre, c'est se tromper le plus agréablement possible.

— Si nous trichons tous, alors pourquoi jouons-

— Tout art doit savoir se parfaire, dit don Giovani.

Il y avait un peu d'irritation dans sa voix, à elle, et elle s'était arrêtée, la bouche à peine entrouverte mais prête peut-être à une protestation plus forte, ou plus amère (et pourtant, lui, Saint-Sever, croyait Laura aussi femme que les autres, n'aimant pas l'amour, mais aimant l'idée qu'elle se faisait de l'amour — avec un égoïsme instinctif, redoutable et tenace —, et ne sachant vivre que pour un théâtre, se montrer, se prêter et briller, et dans le même temps, par l'effet d'une infinie contradiction, s'épuiser à une possession exclusive, celle d'un homme ou d'une famille

— Pourquoi jouer, sinon ? dit l'abbé —

sans jamais s'interroger sur l'ordre des choses) et elle se détourna, le regard perdu vers la masse sombre de San Giorgio, derrière laquelle la nuit pâlirait bientôt, pour rendre la lagune au merveilleux scintillement du matin, rafraîchissant et pur. Il est agacé par la tache ; il suffirait d'arranger les plis pour la faire disparaître.

— Tout est poussière, reprend obstinément Montovano ; rien n'a d'importance.

— Mais je ne peux pas être indifférente !

Elle avait crié, presque. Montovano fit de la main un geste évasif, et se tourna vers Saint-Sever. La tâche grandit soudainement et recouvrit l'abbé : Saint-Sever tendit les bras pour la repousser, mais elle fit un nouveau bond et se jeta sur lui (qui avait tant lutté contre l'indifférence, cette mort de l'âme). Sa conscience continuait d'émettre des cercles à partir du choc reçu, de plus en plus loin, mais de plus en plus faiblement et la peur de ne pas retrouver la parcelle de vérité qui le sauverait de l'obscurité l'envahit brutalement ; il apercevait les dernières lumières de la ville, tremblantes et indécises, et le vague murmure de la foule nocturne que se renvoient les échos, et qu'emporte un peu de vent, paraissait le murmure incrédule de la mer.

*

L'eau noire riait doucement, montrant les dents le long de la barque. Derrière eux, dans la nuit, la lagune portait en silence les îles aux jardins pleins de fleurs et d'arbres amers. Le visage de la ville change le soir comme il change à l'approche du jour. L'été, une sombre lumière bleue coule entre les campaniles et les capricieuses cheminées, sur les toits de tuiles pâles ; le basilic bavard chuchote ses fables au bord des fenêtres enténébrées. Au-delà de la lagune, qui luit comme une lame d'épée, la mer déroule ses écharpes de sable, les rives et les archipels où s'accrochent les petites villes aux couleurs tendres, jusqu'à Raguse, taillée en diamant — jusqu'au diable ! Si loin qu'on aille, c'est toujours soi qu'on retrouve. Une illusion qu'il n'avait pas à nourrir. Fabiano regarda Domenico, qui regardait la nuit. On ne peut pas toujours reculer la limite entre ce qui est, et ce qu'on voudrait sauver... Le recul tragique d'un visage qui dort... Qui n'a jamais connu cela ne sait pas ce que c'est que d'aimer. L'amour, est-ce tellement important... Ce n'est jamais ce qu'on imagine. Dieux ! pourquoi tant de questions, murmura Fabiano.

Il pensa à Simonetta. Les courtisanes apprennent à mieux connaître un homme (en échange d'un peu de bonne volonté) que ses amis les plus intimes. Rien ne donne mieux l'illusion d'être compris que le partage d'un plaisir ou d'un moment de confiance. Elle mériterait d'être heureuse, Simonetta — c'était la meilleure fille qu'il eût jamais connue. Le gondolier serra au plus près pour laisser passer une barque ; les lanternes jetèrent une lumière jaune sur la lèpre des murs, seuls paysages, qu'il aimait, de la cité sans terre et sans autres collines que les nuages. Il n'y avait pas de lune. Ils arrivaient dans le Grand Canal.

— Les villes sont comme les chevaux, elles dorment debout, dit Fabiano ; viens, il est temps.

Ils débarquèrent près de la Piazzetta et, tournant à gauche, passèrent le pont pour s'engager sous la galerie du Palais Ducal. Les masques allaient et venaient sur la grand-place de Venise, serrés dans leur manteau, sans se connaître ni se reconnaître, tels des oiseaux aveugles, et qui marcheraient gravement, leurs ailes repliées, dans l'attente de rien.

nuit

Cà Monselice, les lustres de la grande salle du premier étage étaient illuminés, et des lampes brûlaient dans la suite de petits salons rouge et or. Mais le Grand Canal ne reflétait que les lumières de la loggia de la salle. Les petits salons menaient, par quelques marches, à deux pièces surélevées, qui étaient le domaine de Tomaso. Les fenêtres s'ouvraient au-dessus d'un rio peu fréquenté ; on pouvait voir, derrière un long mur, les jardins d'un couvent qui accueillait grand monde, le jour, et tard dans la soirée, quand le temps était doux. A la différence des autres pièces, où il recevait ce soir, celles qui étaient l'appartement de Tomaso n'étaient que faiblement éclairées par des lampes dont des verres de couleur permettaient de régler la lumière. Dans la première des deux chambres, aux murs, sur un divan bas et une longue table de bois sombre, luisait le désordre d'une collection d'armes anciennes ; dans la seconde, deux fauteuils, un lit fermé par des rideaux et, derrière le lit, un cabinet pour la toilette. Quand on relève la jalousie, le regard pénètre, par-delà le fossé profond du rio et le mur, dans les deux dernières cellules de l'aile du couvent, les lits et les murs blancs, et la petite croix noire clouée sur la chaux.

Quelques-uns des jeunes gens les plus connus de Venise attendaient de souper. Une immense table servie occupait un côté de la salle. Les feux des lustres et des chandeliers brillaient dans le pavage de marbre noir, parmi les silhouettes renversées dont le visage était perdu. Tomaso allait de l'un à l'autre de ses hôtes, offrant à chacun une coupe emplie d'un vin d'Espagne ; il trempait ses lèvres dans la coupe, avant de la tendre sans un mot, seulement ce sourire mince — dont on ne savait jamais s'il vous faisait complice, ou accusé —, et puis s'éloignait, suivi du valet portant les coupes, vers celui, ou celle qu'il n'avait pas encore honoré de la même curieuse, sinon déplaisante offrande. Il avait libéré à peu près tous les domestiques. La procuratrice sa mère dormait sans doute, à l'autre extrémité du palais. Au bas de l'escalier, les bateliers se sont enroulés dans leur manteau, au fond des gondoles, et s'endorment.

— Pour votre plaisir, dit Tomaso.

Il y a quelques rires, et on applaudit. Tomaso conduit au milieu de la salle les quatre faux nègres de la parade sur le canal.

— Mais ils ne sont pas vraiment nègres !

— On ne va pas pouvoir y toucher (Sonia Romanov se tourne vers Tomaso) ; vous l'avez fait exprès — c'est très intelligent. Si vous venez jamais en Russie, je vous ferai fouetter par mes moujiks !

— Il faut mériter ses plaisirs ; ou les femmes sont prudes, ou elles sont impatientes...

— Ah ! il faut débarbouiller ces enfants ; on doit être tel Dieu nous a fait, dit l'abbé Chiaro.

— L'abbé a raison, dit Faustina Morosini.

— Avec du vin ?

— Non, il n'y en aurait plus assez pour être ivres !

— Venez avec moi, dit Tomaso ; il y a deux baignoires que nous pouvons descendre ici et j'ai fait préparer de l'eau chaude et des savons ; nous les laverons en soupant...

On apporta, par le grand escalier, avec des fous rires, les deux cuves de cuivre, du linge, des eaux de toilette. Tomaso avait recruté les quatre garçons dans le faubourg, près de l'Arsenal. Bien payés pour qu'ils se prêtent, ils ne s'attendaient pourtant pas à une pareille extravagance, et se regardaient furtivement, étonnés comme de jeunes fauves qu'on lâche pour la première fois dans un cirque. Mais on les fit boire, et ils comprirent très vite qu'ils paraissaient beaux. Faustina Morosini, après avoir bien séché celui dont elle avait pu, de haute lutte, s'emparer, l'arrosait de vin, et buvait ce vin sur son cou, ses épaules, riant, criant :

— Il faut que je sois tout à fait ivre ce soir !

— Bois l'eau et le vin du baptême, fille perdue ! Et, lui prenant des mains la lourde carafe brillante, l'abbé Chiaro arrosait le jeune homme nu, comme un prêtre de Dionysos l'eût fait en Attique. Sous le reflet des cires brûlant sur la table et au plafond de la pièce immense, le demi-dieu nouveau ruisselait de lumière. L'abbé Chiaro reposa la carafe de cristal ; les adorateurs se précipitèrent. Tomaso ne bougeait pas, la bouche entrouverte et les yeux vides.

— Le vin ne lui donne pas beaucoup d'esprit, murmure Bigaglia.

— De l'esprit, peut-être pas ; mais des idées, certainement.

— Des idées, peut-être ; de l'esprit, certainement pas, relève Santorini, qui passe avec deux fourchettes et une assiette de viandes. Il se penche à l'oreille de l'abbé :

— Je crois connaître ce jeune garçon, mais je ne remets pas bien sa figure... Oui, le petit, là...

(Depuis la loggia, Giancarlo regardait son ombre, déformée, agitée par les mouvements de l'eau dans le reflet du palais. Comme si l'eau était agitée et troublée par des éclats de rires et le bourdonnement des conversations, le tintement des fourchettes sur les plats.

— Pourquoi t'ennuies-tu toujours ?

L'ombre de Tomaso. Elle hésite, à la surface du canal, à se fondre dans la sienne. Il recule un peu et hausse les épaules. Pourquoi... Pourquoi le lui demander. Des questions inutiles, on pourrait en poser jusqu'à la fin des temps.)

— C'est le petit Cornerini ; il a quinze ans, ou un peu plus. Le sénateur, qui en compte près de quatre-vingts, son père, croit qu'il est son fils. Aveugle vertu !

Santorini tend une fourchette à l'abbé.

— Maria-Pia, viens manger ! crie un gros jeune homme déboutonné. Quand on fait l'amour, on mange. Il ajoute, pour ses voisins : « C'est ma sœur, je la surveille, sinon... »

— Merci, dit l'abbé Chiaro. Je suis curieux de voir mourir son père.

— La fatigue ! la fatigue ! gémit Maria-Pia.

— Pour voir, poursuit l'abbé, si l'enfant héritera enfin la vertu du père. Encore que, bien honnêtement, ça ne me paraisse pas indispensable.

— Tu ne veux pas manger ! Qu'est-ce qui est toujours pareil ?

— Manger. Toujours la même corvée. Et le reste aussi.

Le gros jeune homme hausse les épaules : « Ma sœur est une compliquée », dit-il, la bouche pleine.

Il y avait une animation sourde, éparse. On se

cherchait... Un fracas de verre brisé, un rire, des bousculades dans l'un des petits salons. (Giancarlo pose une main sur l'épaule de Tomaso.) On se partageait âprement les jeunes ouvriers de l'Arsenal.

— Comme la grâce plébéienne est agressive et forte ! dit la voix de Sonia Romanov, rauque, profonde, gourmande ; la lumière s'éteint dans le petit salon. La main toujours sur l'épaule de Tomaso caresse doucement, légèrement l'étoffe, du bout des doigts. Un bruit de chute, un meuble, un fauteuil ? — des éclats de voix furieux ; on refait de la lumière... Tomaso soupira, agacé et, moqueur, désigna d'un mouvement de menton la Faustina, à genoux maintenant, et qui buvait un autre plaisir plus vif peut-être que le vin.

— On ne trouve jamais que le dieu qu'on cherche ; elles sont toutes pareilles, on leur ferait faire n'importe quoi ; et il faudrait les aimer...

— Nous sommes tous pareils ; toi aussi.

Il prend la main de Giancarlo, la fait retomber :

— J'ai soif, dit-il ; et il descend de la loggia, traverse la salle entre les groupes, criant : « Amusez-vous ! mais amusez-vous, nous n'avons rien d'autre à faire ! »

— Giuseppe, dit Maria-Pia, tu vas mourir ; tu as vu la tête que tu as ? c'est effrayant. Il s'assoit près d'elle, replie ses interminables jambes maigres et croise ses bras autour de ses genoux ; il regarde son image trouble dans les dalles de marbre, entre ses pieds : « Fais-toi enterrer à ma place, toi qui es si laide ; tu ne connaîtras plus l'envie, très vilain péché ! »

— Je ne peux pas, je suis amoureuse.

— De qui, grands dieux ? ricane Giuseppe.

— De moi (elle se dandine sur son siège, d'une manière de grand contentement).

— Ah, Seigneur, est-il possible d'avoir aussi mauvais goût ! (Il se penche sur elle et lui parle dans la figure, avec un ton de théâtre.) Je te plains, pauvre fille obligée de s'aimer...

On entend de tristes accords de guitare, ou de mandore. Bigaglia déplie ses jambes, se lève.

— Existence cruelle, je t'adore ! Je vais prendre quelques fruits, que j'irai dévorer là, couché derrière ce canapé d'amour... Pauvre Maria-Pia, tu n'as pas de chance, dit-il, pinçant son nez et louchant. Et il se met en marche vers la table, esquissant avec raideur les pas d'une danse populaire dont l'un des garçons de Tomaso, dans un coin, égrène les accords affligeants et enchanteurs ; et cette musique maigre, un peu larmoyante, prenait, entre les tapisseries et les cristaux, l'or et le marbre, une couleur équivoque, — et les jeunes gens très nobles qui s'en divertissaient (ou tentaient de s'en divertir), paraissaient faux soudain, ou paraissaient jouer mal un rôle qui n'était plus le leur, la comédie changée sans qu'ils s'en fussent aperçus, sans que personne eût cru bon les en prévenir...

La nuit, dehors, sans rien d'autre que le silence.

— Personne, donc, n'a d'imagination, soupire Maria-Pia ; fatigue ! fatigue !

Santorini grimpe les marches de la loggia et tend à Giancarlo une coupe de vin ; il refuse. Relevant d'un mouvement brusque une pluie de ses mèches brunes, Santorini hausse les épaules, et boit. L'après-midi, Tomaso monte debout sur une table, dans sa chambre, et regarde en bavant deux nonnes qui font l'amour ensemble. (Le petit Santorini tend la coupe, encore une fois, à Giancarlo, pour rien.) Les deux filles s'en amusent, et, après un moment (c'est Chiaro qui vient de le lui raconter, l'une des nonnes est aussi sa maîtresse, et elle dit)...

— Faites l'amour avec le premier qui vous plaît,

mais surtout pas avec celui que vous aimez... profère Ambrogio Pardi.

— C'est stupide, dit Nicolosia Pedrassi.

Le marquis de Saluces, qui emplissait une assiette de pâtisseries, se retourne amusé (quelqu'un venait de dire, l'abbé peut-être : « Ne pas mettre nos illusions à l'épreuve, c'est les faire durer ! ») et ajoute :

— Voilà un conseil dont certains usent beaucoup — et d'autres pas assez.

Il cherche un fauteuil libre ; il reçoit un coup de pied : c'est Lucrezia Morosini, qui se débat sous un garçon qu'il ne reconnaît pas. Il rend le coup de pied. La fille crie (mais ce n'est pas pour ça) :

— *Io son pulcella !*

Alors, tout le monde se retourne, s'arrête ; au-dessus des conversations, des bruits, de la complainte du joueur de l'Arsenal, on entend monter un aigre caquètement.

Giuseppe, derrière son divan, riait.

— Et ma sœur, dit le jeune homme gras, ma sœur qui se plaint qu'on n'a pas d'imagination !

Le rire de Giuseppe vient mourir au bord du canapé, à petits coups. On ne voit que le haut de sa longue figure. « Impossible ! », gémit-il ; et il se recouche, la bouche sous une grappe de raisins, dont il crache les peaux autour de lui... Quelqu'un s'est mis à jouer sur un clavecin, mais le garçon à la guitare continue de son côté, sans se troubler, avec cette expression fermée des jeunes gens occupés à une chose très personnelle et très futile. Tomaso se plaint que la soirée soit morne.

— Pourtant, dit l'abbé Chiaro, ça n'avait pas mal commencé.

— Maria-Pia a raison ; c'est toujours la même chose.

— Trop d'exigence n'est pas une vertu.

— Tomaso est l'ennemi du bien, dit doucement

Nicolosia Pedrassi, qui se retourne pour suivre son regard agrandi et trouble, par-dessus la Romanov, ivre morte au pied d'une grande torchère de bronze, dans le fouillis de ses robes retroussées — Mais qui, à cet instant, lui parle de Domenico ? — et Nicolosia aperçoit le petit Cornerini faire le tour d'une table sur les mains, absolument déshabillé. Acclamé, il se retrouve, d'un joli coup de reins, sur ses pieds, et avance en pirouettant dans la salle ; le clavecin poursuit son interminable thème triste. Tout cela est dément, pense-t-elle. Plus nu qu'on peut l'être, il s'arrête face à Tomaso, avec un sourire cajoleur :

— Tu oublies de nous donner des nouvelles de ton frère. Il a une chance folle ; il paraît que les Turcs finissent toujours ce qu'ils commencent...

Au ras du canapé apparaissent les yeux luisants de Bigaglia, et l'abbé se retourne, se mordant les lèvres, calculant les risques de l'insolence.

Et lentement le geste se lève, prend tout son poids, dans un rêve qui (lui, Notre Honorable Cornerini) l'amollit, l'étonne (il pense très vite : c'est un simulacre, ne le laissez pas faire !) et le han sourd du coup lancé à toute volée s'étoile derrière ses paupières. Il s'abat sur le joueur de mandoline ; les cordes font un bruit malade et cassent.

— Toi ! dit Tomaso.

Il regarde les autres.

*

Un arbre, un if ou un cyprès, découpe la nuit. L'odeur vernie des buis, et celle des roses séchées, ornent le silence. Les jardins accueillent celui qui ne connaît pas le sommeil, et celui qui n'a plus qu'à dormir. Ils sont un repos, et comme une promesse.

Certains protègent du jour; l'absence y est moins absolue et la mémoire apaisée — et vient la certitude, près de cet enclos caché dans l'obscur dédale de la ville, simplement quelques arbres et de maigres buissons de fleurs, que lui, Saint-Sever, est sauvé. Il veut se tendre vers le murmure des feuilles. Même sourire est devenu difficile ; il ne sait plus qu'offrir son visage à la nuit. Déraciné. Sauvé, mais mutilé. ***Un grand arbre de poèmes... et chaque feuille que l'âge délivrera portera très loin et très haut la parole...*** Le silence descend sur toi qui n'as su parler ni haut ni loin. Qu'a-t-il fait de la vie rêvée par l'enfant pour mériter le repos aux ailes rapides ! L'ombre, dans cet arbre, comme la sève était partout — et il ne reste plus que l'ombre. ***Nous sommes, et nous ne sommes pas.*** Tu n'as pas su être celui que tu rêvais ; tu n'en es que l'homme. Toi qui voulais agir pour te prouver la vie, tout se détache de toi, non point comme les poèmes se détachaient de la vie dont ils s'étaient gorgés, fruits cruellement mûris et qui pèsent s'ils ne sont promis à quelque partage, mais parce qu'un ennui mortel t'a pénétré. Vous ai-je détesté ! mes moments perdus, ma lâche solitude... Et ma vie se retire trop vite, pour que je puisse me faire souffrir un peu.

Rapidement, l'abbé passa la main devant les yeux grands ouverts, qui ne cillaient plus. Les lèvres s'agitaient, sans aucune parole ; il n'y avait que cette animation muette de la bouche, un frémissant mouvement de muscles à fleur de peau, sur le visage de Saint-Sever. Et l'agitation de ses mains, qui ne cessaient de s'ouvrir et se refermer, alors que ses yeux ne voyaient plus ; la nuit, que tout être réclamait, commençait peut-être par là de l'apaiser. Il disait parfois : « Nous sommes aveugles comme le jour, qui se plaît aux apparences. » L'abbé pensa aux cent plaisirs perdus, et sut la présence de la mort.

Souffrir, c'est encore vivre. Il n'avait plus même la souffrance. Comme la vie se révèle quand elle nous échappe ! et la véritable figure des choses. Et il la sentit brusquement se dresser en lui, le possédant, le bafouant, pour se faire reconnaître — quelle longue patience est devenue sienne ! —, et lui révéler le prix de ce qu'il a cru aimer, qui n'était rien. Le mouvement était la loi de l'homme. Mais (il voulait crier au moins cela), ce qu'il abandonne !... Il ne savait même plus s'il pouvait encore se sourire, ô ironie du ridicule destin ! Tu désirais la gloire, et ceux qui se sont battus avec la vie reviendront et diront : il est mort d'avoir trop pensé... il est mort dans l'odeur des roses mortes d'un petit jardin. Il n'y a plus rien ; cela qui s'est retiré de toi te laisse comme une mer, sans adieux, sans aucun astre au ciel pour te mouvoir encore, vainement, d'un rivage contre un rivage, d'un être vers un être. Ce calme, c'est le désespoir.

Il eut une espèce de râle, qui affola Montovano. Depuis une heure, qu'il l'avait ramené, il le voyait mourir (il n'avait pas cru que cela fût possible) et le chirurgien qu'il avait fait chercher n'arrivait pas. L'abbé se tordait les bras, courait dans sa maison, ouvrait dix fois sa porte pour hâter l'inutile secours. Et puis, il remontait à la chambre, craignant de le trouver tout à fait mort. Mais non, ce dialogue d'une ombre avec les ténèbres durait encore, et il se penchait, pour surprendre avec amitié quelques débris de phrase ou l'expression possible d'un vœu, d'une volonté, grâce à quoi il eût tenté de se rendre utile — mais les mots se brisaient avant les lèvres et la plus sombre solitude semblait être déjà sur lui. Et l'abbé allait d'un mur à l'autre, cherchant à rassembler les moments épars du jour... Ils allaient ensemble, il lui disait : « Après tout, Giovani, même si je manque la guerre, j'aime mieux mourir en Italie » ; il riait doucement et se serrant, frileux, dans son manteau de voyage, ajoutait : « L'illusion que je m'y fais de la vie m'est plus chère que partout ailleurs. Je voulais revenir, même trop tard. » Mais fait-on deux cents lieues pour mourir ailleurs que chez soi ? L'abbé avait pris cette phrase pour une phrase de mélancolie. On croit avec peine que nos amis se détachent de ce qui est notre vie. L'abbé devait pourtant se résoudre à laisser la mort travailler seule. Au moins, qu'il ne sache pas, qu'il ne sache pas qu'il meurt ! pensa, éperdu soudain, Montovano ; et chaque minute comme une irréparable blessure. La mort près de lui — dans sa maison. Et maintenant, elle serait partout avec lui ; elle boirait dans son verre, et il entendrait son pas sur les dalles de marbre de Venise ; elle lirait par-dessus son épaule et quand il ferait l'amour, elle lui volerait sa part de plaisir... Elle volait son amitié pour Saint-Sever et une espèce de rage monta dans son cœur, contre ce pourrissement, contre ces moments dorés de la vie qui leur paraissaient plus beaux que tout, contre tous ces objets qui étaient l'ornement de leur solitude et n'étaient que cela. L'abbé porta ses poings à ses yeux, et eut un gémissement sourd. Ah, si la révolte est vaine, faut-il se détacher de tout pour moins souffrir ! Si nous ne sommes que solitude, et nos discours une muette clameur dont pas un mot ne saurait se faire entendre sans mensonge ou sans illusion.

A l'entrée de la chambre, une chandelle de cire fourbissait une pauvre larme de feu. La nuit ne bougeait pas, sans étoile, sans éclat. L'heure passée, un oiseau avait chanté longuement dans l'arbre ; mais il s'était tu ; peut-être qu'il n'était plus affairé qu'à chasser les insectes, ayant faim...

Qui se serait promené, dans ce quartier engourdi par la nuit, eût risqué d'interrompre, au beau milieu du campo San Trovaso, le colloque de trois chats très philosophes.

*

Le Doge se lève. Ils se lèvent tous, l'un après l'autre. Contre les sièges, les robes chuchotent ; quoi qu'on fasse, dans ce palais, on a l'air de comploter. La Salle du Conseil se vide. Le Doge marche à petits pas, appuyé sur le bras du Grand Amiral. Les gardes, dehors, font sonner les piques sur le sol de marbre. « C'est la musique du gouvernement », dit Sa Seigneurie Illustrissime. Fabiano sourit.

— Quelle avance avez-vous avec votre galère ?

— Une demi-journée ; moins s'il y avait meilleur vent ; mais je ne crois pas qu'il se soit levé.

— Souhaitons que Venise soit prête ; le Rapporteur va donner nos ordres. Le bonheur est une étrange chose. Quand un homme a choisi de s'asseoir, et de ne plus avancer, quel augure serait assez fou pour assurer qu'il ira loin, ou que celui qui court ne le rattrapera jamais...

— La flèche et la tortue, dit le Grand Amiral.

— Quoi ?

— C'est une histoire grecque...

— Oui ; mais nous qui étions assis depuis si longtemps nous avions besoin qu'un dernier rayon de gloire se levât, à défaut de nous relever nous-mêmes tout à fait. Vous ne saurez jamais pourquoi on vous a choisi, parce que c'est trop simple pour être imaginé.

Il s'arrêta et, après avoir à peine hésité :

— Vous décidez de partir ; pourquoi ?

— Votre Seigneurie me permettra-t-elle de Lui répondre que c'est trop simple pour être intéressant...

La main du Doge abandonna son bras, puis le reprit en le serrant légèrement.

— Oui ; mais rappelez-vous que la gloire est comme l'argent, elle ne va qu'à celui qui a la gloire. C'est un peu le pari que j'ai tenu ; les capitaines heureux sont ceux qui font l'Histoire (il regardait devant eux, comme à travers les murs, au-delà de la nuit, jusqu'à cette mer immense qui devait alliance à Venise pour un anneau d'or séculairement gagé ; et il pensa que l'Histoire, toujours, en vient à se débarrasser de la légende, devenue manteau trop vieux et fatigué. Mais le vieil habit splendide servirait bien encore une fois).

— ... et il ne faut point mépriser le bonheur.

On ouvrit les portes d'une galerie et le Doge, s'arrêtant encore, et désignant de sa main ouverte un garçon qui dormait sur un coffre :

— La grâce que vous nous demandiez pour ce très jeune homme, nous l'accordons, et nous veillerons nous-même à ce qu'elle soit reçue. Il se tut, et passa, hochant la tête, précédé par son porteur de lanterne et passèrent après lui les sept membres présents de l'*Eccelso ;* ils descendirent l'escalier des Géants, sans parler, et le bruissement des manteaux se perdit dans la nuit.

Fabiano marcha vivement, de son pas oblique, vers cette ombre qui dormait. Oui, il s'était bien endormi, et sa tête penchée laissait deviner sur son col ses cheveux dénoués. Il dit deux fois son nom — mais presque à voix basse, comme s'il craignait de le réveiller. Près de la porte, deux gardes attendaient, immobiles, sous la lueur d'une torchère. Il fallait vraiment le réveiller :

— Domenico, dit-il; et il posa la main sur son épaule. Tout était silence, on n'entendait que cette petite respiration. Ses doigts se refermaient sur l'épaule du garçon pour le secouer un peu...

Le jour venait très vite. Il n'avait laissé à personne le souci de l'appeler, ce matin-là en mer, et que la mort, somptueusement parée, commençait de rire parmi les hommes, à l'aube d'une journée lumineuse et brûlante. Tu savais que cette nuit pour toi ne s'achèverait jamais plus — et pourtant tu sais tout ce que la vie est capable de détruire en nous. La brume, quand tu avais levé les lourds volets de la cabine, la brume annonçait la journée lumineuse et brûlante. Après avoir tenu conseil, tu étais venu t'asseoir au bord du lit étroit ; et le geste le plus simple, tu n'osais pas le faire, tu cherchais un peu de courage pour le retirer de son repos, toi qui le protégeais, et qui avais charge de lui, au-delà des mots, au-delà même d'une marche difficile et lente, et de cet élan qu'on nomme rapidement le bonheur... Prendre le risque du plus terrible aveu. Et peut-être te l'avouer à toi : que ce pouvoir que nous pensons tous nous être accordé pour sauver ceux qui nous ont élus n'est rien, que le destin se joue de nous, et que tu ne pourras rien pour lui éviter de mourir, même pas en le serrant si fort contre toi qu'il ne soit plus qu'un moment de vie sans passé, sans avenir — plus pur que l'animal sommeil d'enfant à naître dans la nuit de la mère —, un double de ton désir d'être, libéré du doute et de l'espoir. On pèse bien les choses quand vient l'heure de tout perdre. La mort, c'est ne plus pouvoir donner, et que le soleil se couche sur l'empire infini et dérisoire de notre solitude. Toi, qui avais appris qu'on peut vouloir pour un être ce qu'on n'a pas même tenté pour soi, toi qui ne t'aimais pas, et n'étais guère capable de cet abandon, tu croyais voir ta jeunesse endormie, ennoblie par la bonté et une tendresse un peu sauvage. Et c'est un peu toi que tu regrettes.

Le feu des canons allait dans une heure émietter son rêve. Tu le réveillais pour lui montrer, à l'horizon, dans le tremblement de la brume bleue du jour, le demi-cercle de l'escadre,

— Oui, réveille-toi ! dis-tu (et ta main se fait plus lourde) —

comme tu le guides maintenant par la galerie, l'escalier, les arcades vers le quai où la barque vous attend.

sang

« *Ricorditi di me, che son l'Italia* »... Six mots. Six mots qui chantent de part et d'autre d'une virgule. *Ricorditi di me, che son l'Italia !* Lourd, le livre s'enfonce. Paresseux, ses doigts le suivent, gardent la page. *Ricorditi*... toujours, faut-il se souvenir toujours ? O source du mal ! Elle compte presque à mi-voix : neuf lettres, et deux, et deux, et de l'autre côté de la virgule : trois et trois, et sept ! Treize lettres avant, et treize après. Les yeux comptent, encore. Six mots qui sonnent dans sa tête, elle recommence... *che son l'Italia, che son*... treize et treize, est-ce le hasard ? Elle lit les lettres, toutes. Le lit se creuse sous le poids du *Purgatoire.* Les mots chantent, et les lettres dansent. La paume de sa main, bien à plat sur la page froide, le papier vieux, un peu craquant, noble. Elle se penche pour le respirer ; comme Fabiano respire toujours l'odeur des livres, c'est la première chose qu'il fasse quand il en choisit un. Elle se penche. Ses yeux ne distinguent plus les caractères affolés, par ce rapprochement, comme un petit peuple d'insectes dont on dérangerait soudain la procession. Quelle est donc l'odeur du *Dante ?* Lointaine et fraîche, avec un goût de feuilles d'automne... Un bosquet d'érables, en octobre, quand il bruine à peine. Treize érables à droite, et treize à sa gauche. *Ricorditi di me, che son Simonetta...* Alors, agacée, elle ferme le livre, et se lève, rejetant les couvertures. Les mots s'en vont, reviennent, ne servent pas beaucoup à s'entendre. Il aimait, couché en travers du lit, lui prendre les jambes dans son bras, et dans sa main ses chevilles, et rêver ainsi, et quand il lui lisait une poésie, il disait, souvent : « Toi et moi, nous entendons les mêmes paroles — mais elles ne te racontent pas la même histoire qu'elles me racontent. C'est pour ça qu'on peut être heureux, on ne se comprend pas tout à fait. »

Ricorditi di me... qui sait ?

Elle regarde le *Dante* abandonné sur le lit. Non, ce soir, vraiment, elle ne pouvait ni lire ni rien faire, que soupirer d'agacement. « Pauvre Simonetta, tu t'ennuies », dit-elle en épiant son visage dans le faux miroir de la vitre. Quand elle s'ennuyait, elle se parlait, se tenait de petits discours, se faisait des promesses — oui, elle changerait la soie de ses deux fauteuils —, se racontait sa journée, et ce qu'elle ferait, ne ferait pas... Quelques jours, chaque mois, qu'elle ne pouvait *recevoir,* lui donnaient un repos, un *prétexte...* Ainsi, ce soir ; mais elle ne cesse de tourner dans son appartement (qu'elle aime bien, qu'elle a meublé avec patience, qu'elle a voulu douillet et charmant), sans trouver d'occupation qui la retienne, sans profiter de son loisir, de sa tranquillité, ni parvenir à désirer le sommeil — mais ça, ce n'était pas pour la surprendre : souvent elle lisait, ou faisait des réussites jusqu'au jour. Pourtant ce soir elle était un peu triste, sans raison. « Que feras-tu ? une fois vieille et abîmée... » Le plus triste est d'y penser.

Elle ouvre la fenêtre ; une ombre énorme s'avance dans la nuit : San Marco. La nuit n'est pas très belle ;

pas de lune, peut-être des nuages et demain la pluie. Elle n'a voulu personne, ce soir. Personne, hier. Pourquoi treize et treize ? Elle voulait savoir comment on fait une poésie, avec des mots qui sont, tout le jour, dans sa bouche, et dans la bouche de toute l'Italie, mais qui ne sont jamais dans l'ordre qu'il faut pour être imprimés, et creuser dans la mémoire de qui les lira cette place mystérieuse, comme le bruit de la mer au fond d'une coquille. *Che son Simonetta !* dit-elle ; et elle respire l'ombre de San Marco, et se penche pour regarder la place, où les cafés se vident, et seule... Elle voudrait lire, mais depuis une heure, elle n'a lu que deux fois treize lettres, six mots qui dansent ; elle n'a pas sommeil, et voudrait dormir, elle aimerait...

Alors, elle passe lentement ses mains sur son visage, pour se pénétrer de la nuit. Non, elle ne voudrait pas, ce soir ; elle aime à être seule ; elle aime, aussi, quand il vient la nuit et qu'il se couche en travers, la tête sur ses genoux ; ils ne disent rien, souvent. Depuis longtemps, ils ne font même plus l'amour, sauf par jeu, quand ils ont ri comme des fous pendant une heure, sans savoir pourquoi ; après, il part toujours très vite, comme s'il avait peur. Elle savait ne pas le retenir ; quand il l'embrassait, il avait l'air de mordre un fruit ; mais pourquoi ce sourire, un peu moqueur et triste ? Sinon, il lisait sur son lit toute la nuit, et ils bavardaient, sans suite ; elle allait faire du café ou du chocolat et quand le jour passait le nez par la fenêtre, il était encore là, et quelquefois, il dormait, tout habillé, pendant qu'elle se faisait avec les cartes d'interminables réussites. Quand il venait, la veille, elle recevait un petit bouquet, un livre, avec simplement ses initiales sur le papier : *F. F.* Ce n'était pas facile, chaque fois, pour se rendre libre, mais elle l'était ; jamais ils n'en parlèrent. Il trouvait bien normal qu'il n'y ait personne avec elle quand il venait, et il s'installait, se promenait partout dans toutes les pièces, avec son allure de chat ; et quand il était reparti, rien n'aurait laissé supposer qu'un homme avait passé la nuit chez elle ; il s'emparait de tout et ne dérangeait rien.

Il y avait encore du vin de Hongrie dans le cabaret. Un instant, la chambre demeura vide, dans la douce lumière des lampes à huile, qui rendait plus somptueuses les tentures fatiguées. Elle coupa le vin de beaucoup d'eau, et assise sur une petite chaise basse en tapisserie, les genoux relevés, le menton appuyé sur une main, et le coude sur les genoux, dans sa robe de chambre ouverte, les cheveux dénoués sur les épaules, ses pieds nus sur un coussin, elle pose son verre sur le parquet, près de la chaise

(et s'il n'y avait ni vin, ni coussin, ni besoin d'argent, elle aimerait bien être une petite fille, assise sur un pas de porte, le menton dans la main, une petite fille habillée d'un jupon troué, et seulement riche d'une craie pour dessiner, avec les garçons, des choses fabuleuses sur le pavé ou l'ocre des murs — et guetter, dans le soleil, le chat grave, indifférent le long du canal... Le jour, elles jouent et se chamaillent sous ses fenêtres, les gosses en jupons déchirés, dans ce recoin de la place, près de San Marco, sur les pattes des lionceaux de pierre ; de temps en temps si elle est à sa fenêtre, qu'elle attend *une visite,* elle s'amuse de les voir — mais ça la rend un peu morose, sans qu'elle sache pourquoi. Ces rires qui vont et viennent jusqu'à elle lui donnent l'envie de ne plus avoir envie de rien, de dormir, de ne plus penser. Mais elle leur fait des cadeaux, de biscuits ou de chiffons et les petites, quand elle passe, s'arrêtent toujours de jouer — un instant, le nez en l'air, rieuses — pour lui dire : « Bonjour, Simonetta ! »)

... elle pose le verre, et compte les semaines de son absence. S'il était venu la voir, ce soir, elle ne s'ennuierait pas. « Ah ! que je déteste m'ennuyer », soupira-t-elle... Peut-être, si elle était une *ragazzina,* fagotée dans une robe minable, mais avec son joli visage, peut-être, quand il passerait, la saluerait-il d'une manière particulière, lui accordant ainsi une préférence délicieuse, l'encourageant à l'aimer secrètement, sans aucune espérance : lui, jeune homme de Venise magnifique, et inaccessible à une pauvre petite âme idiote, qui serait pour lui comme un pigeon familier sur un pas de porte. Mais ils auraient eu, tous deux, à l'occasion de ces rencontres rapides, un air d'être de connivence — une mystérieuse amitié — à en rendre jalouses toutes les autres gamines du quartier !

Quand il vient, c'est fête ! Alors, elle chante à mi-voix ces chansons douces et âpres de la Dalmatie, que sa mère lui avait apprises. Elle les chante en dialecte, et il ne comprend pas. Il l'interrompt et lui demande si cette chanson parle de jeunes gens qui s'aiment et ne peuvent se retrouver, et puisque presque toutes les chansons de Dalmatie sont ainsi, il dit :

— Ah ! eh bien, continue. Mais, au moins, promets-moi que tes amoureux seront bien malheureux pendant toute l'histoire.

— Pourquoi demandes-tu une chose pareille ?

— Pour y croire, bien sûr ; pour que ça soit plus vrai.

Alors, quand elle chante une chanson du pays de sa mère, elle lui dit toujours, comme en se moquant un peu de lui :

— Tu sais, ils sont très malheureux, dans mes chansons.

Il parlait toujours de la vie comme si ça ne le concernait pas. Quand il est parti, il lui a dit seulement qu'il s'en allait « voir les Turcs », mais c'est Montovano qui lui a révélé, le lendemain, que le Grand Amiral de Venise, maintenant, c'était lui, Fabiano Fabiani ! Et, aussi, qu'on avait beaucoup de mal pour décider les officiers à prendre la mer, parce que c'est le temps le meilleur du Carnaval, et que tout le monde tient à rester ici, pour s'amuser.

Elle boit tout le verre de vin et d'eau.

En vérité, il est son seul ami (ce n'est pas tant aux gentillesses pour elle qu'elle pense, qu'à une entente comme les hommes doivent en connaître entre eux). Si elle était un garçon, elle voudrait qu'il lui donne son amitié. Une fois, elle lui a dit : « Fabiano, tu as trop de charme : tu es un enfer pour ceux qui t'aiment, et la tentation pour tes ennemis. » Il avait ri en lui prenant le nez dans ses doigts :

— Tu es quoi ? tu es folle !

— Tu ris tout le temps, disait-il.

On n'entend rien. Tout est silence, immobilité.

Seulement, tout au fond de son corps, ce battement sourd de son sang la tourmente ; et l'ennuie, aussi. Comment être jamais libre ! Elle serait bien allée en mer, elle qui jamais n'était partie de Venise, que pour un petit voyage à Ferrare, et un autre à Piran, quand sa mère est morte. Mais (elle hausse les épaules), une femme, l'imagine-t-on en guerre, accroupie sur une petite chaise comme elle ; elle serre sa robe de chambre, et revient à la fenêtre. Tout à l'heure avant qu'elle se couche avec le livre, elle a vu les gerbes d'un feu d'artifice, que l'on donnait sur le canal, probablement. Sous le tissu, sa main fraîche caresse doucement son épaule. Elle n'a plus envie de lire, elle ne veut pas dormir, elle ne veut, près d'elle, personne, pour être tranquille ; et elle n'est pas heureuse d'être tranquille. On ne sait jamais profiter de ce qui est.

Et ce temps qui va, qui vient, autour d'elle, et dont

elle entend les heures choir du campanile, et surtout qui passe et repasse en elle, comme quelqu'un qui ne sait quoi dire, et fait les cent pas sous votre nez en vous ennuyant prodigieusement ! Au moins, si la nuit était belle, elle s'amuserait à retrouver les étoiles qu'elle ne retrouve jamais, avec la grande carte du ciel que lui a offerte le général des Jésuites. Elle admire beaucoup cette carte où sont figurés les signes. On la roule dans un étui de cuivre, mais on peut aussi l'accrocher au mur, et c'est ce qu'elle a fait : le ciel pend au mur de son petit salon, et le Sagittaire, qu'elle préfère parce qu'il est si bizarre, décoche une flèche immobile à tout ce qui passe.

La nuit n'a pas changé, aussi maussade, sans étoile. Elle porte le verre vide dans la petite cuisine. Par la fenêtre ouverte monte une légère odeur d'huile d'olive et d'ail, et des rires d'hommes. Elle revient au salon, elle s'arrête, elle cherche quelque chose. Mais non, rien.

Et puis, il faut qu'elle se couche. Ces vagues, dans son ventre, toutes les fois, qui lui font mal inutilement, avec l'entêtement d'une bête enfermée qui veut s'échapper et avec cette stupidité de la lune qui jamais ne change l'ordre de ses croissants !

— *Ricorditi di me...*

C'est vrai. Quand elle y songe mieux... Il a toujours l'air de guetter quelque chose, quelqu'un, à la fois immobile et rapide.

Encore une fois, elle soupire. Elle se couche, après avoir posé le *Dante* sur le tapis et éteint les deux lampes.

— *Ricorditi di me,* scandait-elle ; *che son l'Italia ! che son Simonetta...* Peut-être, elle s'ennuyait de lui. Ils n'avaient jamais été amoureux l'un de l'autre. Enfin, ils ne se l'étaient jamais demandé... Mais on ne devient pas amoureux d'une courtisane. Ils étaient très bien, ensemble.

Jamais, de lui, il ne parlait.

*

Le long des *fondamenti,* l'eau se passe la langue sur les lèvres, sans sortir de son sommeil. Mais l'orient commence à pâlir ; doucement, la nuit bouge. « Trop tard ! » murmure Saint-Sever.

Il fait froid. Il marche depuis si longtemps, dans une eau froide, que ses jambes se glacent, et son ventre. Ses pas sont lents, et ses gestes, et quand il parle, les paroles s'échappent difficilement de sa bouche : il les regarde hésiter devant lui, flotter un peu dans la nuit, ou le jour — est-ce la nuit ? — et puis elles s'enfoncent en silence dans cette eau pourrie qui est là, partout, la pluie pourrie dans ses yeux, l'eau pourrie qui monte et emplit son corps. Alors, crie ! et marche ! Mais non, tu ne marches plus ; tu es bien droit et seul dans ta nuit. Et tu te noies avec tes paroles — car l'eau monte en toi, elle emplit ton cœur, elle avance sa langue à petits coups rapides dans ta bouche, elle a un vilain goût fade. Crie ! A toi, c'est à toi que tu parles — ceux qui passent autour de toi ne t'entendent plus, mais tu n'as jamais su leur parler, *aux autres*. Si tu as encore quelque chose d'inutile à dire, hâte-toi ; si tu as encore le désir d'un visage, crie-le, ouvre les yeux. C'est nuit partout, comme tu aimes. C'est nuit pour tous les temps, et tous les passants s'en vont, masqués... *(il avance la main, avec une grande résolution, une douceur infinie, par-dessus les années, par-delà les lieues et les fleuves, par-delà les heures, et elle ne bouge pas, elle attend, elle se laisse arracher son visage de soie noire — il va être heureux, ô visage de l'amour ! —; ta main retombe et ce n'est plus seulement sur la terre que le sourire liquide de la nuit).* Tu marchais. Tu parlais. Tu criais depuis si longtemps. Tu criais en silence, personne ne t'écoutait. Tu vas être tellement tranquille. Plus de visage à chercher comme un fou le matin, plus de ces corps décapités par un malentendu, et qui s'en vont, loin de toi, toujours, parce que tout est mort avant d'avoir été. On s'interpelle, on s'écrit. Des oiseaux aveugles, au hasard, qui vont d'un arbre à l'autre. On croit se reconnaître. On n'est pas sous le charme, on est dans l'erreur. Mais c'est peut-être ça la vérité : n'être rien — ou un autre. Tout est *faux;* c'est la vie possible. Quand le masque tombe, il n'y a plus que des certitudes; plus d'amour, plus de bonheur... Que tout soit faux, le bonheur est à ce prix. Le bonheur visible, celui que tu aimais à toucher, à serrer contre toi, celui que tu voulais tant garder, et protéger de la fuite et de la changeante mémoire des autres. Mais il était déjà trop tard. Par-dessus ton épaule, la vérité ne cessait plus de t'épier; alors, tu n'écrivais plus. Tu commençais de pourrir. Les vers de ton jardin te mangeaient les jambes, et grimpaient dans ton ventre et ton cœur en riant de plaisir, et toi, si tu pensais à des poésies avec des roses, des soleils — pour enfermer un cher petit instant du jour, une promesse de tes stupides songes — déjà tu ne croyais plus qu'à cette vérité ricanante sur ton épaule, et tout s'abîmait sous tes doigts ! Comme tu as froid, Saint-Sever.

Tu n'as pas encore écrit ce vers sur les masques de Venise. Il faut peut-être que tu attendes un peu ?

Ils vont et viennent autour de toi, sans se douter de rien. Ils se croisent même sans se voir, ou bien, ils parlent gravement entre eux de gens qu'ils ne connaissent pas, et qui leur sont plus chers que tout au monde.

Ou encore, ils font des projets et seront morts demain. Ils ne te voient plus. Ils ne te voient pas encore...

Pourquoi t'appellent-ils ? Pourquoi ce bruit ?

Sur mon épaule, ce visage plus pur.

Sans doute, on a dû frapper plusieurs fois. Montovano ouvre enfin la porte, et ils entrent dans la chambre. Un peu de vent fait qu'un arbre chante. Se peut-il que tout demeure si calme, que tout soit si pur quand un homme se meurt ; et le temps qui nous reste à la fois si plein et si fragile, si affreusement vain, quand un être se déchire et se vide, et que sa main dans la nôtre n'est plus qu'une image perdue, et que tout ce qui a été, entre lui et nous, se défait comme un nuage...

Ah ! protégez-moi du jour !

Le chirurgien reposa le chandelier. « C'est fini », dit-il. « Protégez-moi du jour », répéta Montovano. A genoux, le front sur une main de Saint-Sever :

— Ah ! il faut vivre, il faut vivre ! cria-t-il. Et il eut comme un sanglot de colère.

Oui, il y avait un peu de vent, maintenant ; il ne pleuvrait pas.

*

Le clavecin poursuivait encore, bizarrement, comme une boiteuse marcherait sur la glace, quand tout le monde est par terre. Giancarlo frissonnait, à cause du vent, d'une fatigue sournoise. (De la loggia, il les voit ivres presque tous, ou pis encore.) Santorini est parti. Il a voulu l'emmener, mais Giancarlo a refusé, il est aussi mal ici qu'ailleurs, alors ce n'est pas la peine de bouger ; demain (tout à l'heure — ici, on ne sait jamais s'il s'agit d'hier ou d'aujourd'hui) il verra. Une fois de plus. Il a tous les courages, sauf celui d'en finir ou d'exiger ; mais c'est vrai, on ne s'arrache pas les moments de bonheur, on les partage. Quand on s'attache à quelque chose d'important, on est toujours en dehors... Il a comme un soupir. Il regarde mourir les lampes. Tout se défait...

C'est Maria-Pia. Elle est plutôt décoiffée.

— Je m'ennuie, dit Maria-Pia.

Elle a des yeux immenses ; tellement profonds. On y jetterait des poissons, pour qu'ils soient moins vides.

— Tomaso essaie Nicolosia, alors tu ferais mieux de venir ; ma barque est en bas. Non ? eh bien, adieu.

Elle s'en va, elle s'ennuie. Elle a de la chance, ce doit être reposant.

... Tout se défait. « Pourquoi, pourquoi ? », crie Montovano, à genoux devant la mort, devant la nuit qui commence à pâlir et laisse glisser un sourire glacé — le jour — sur la lagune. Les eaux fermées des bassins de l'Arsenal, les toits humides, les lignes des quais, les épaules basses, et, penché sur les balustres du balcon de bois qui domine le pont, à la poupe du navire, au-dessus de l'affairement précis de l'équipage — et que chaque homme rivé à son banc reprend en main la lourde rame de la galère, encore gourd de sommeil et brusquement cinglé par le fouet des comites —, Fabiano, debout dans cette rumeur sourde de départ. Les ordres donnés, il descend sur le pont, le traverse, gagne l'échelle de tribord, se fait ramener à quai, seul... Demain, cette rumeur sur Venise, et la gloire refusée. Giancarlo hésitait encore.

— Bois ! dit Tomaso. Elle était un peu ivre, et se débattait, en riant. « Pourquoi ne veux-tu jamais faire plaisir ? » Il lui prit doucement la nuque dans sa main ; et approcha la coupe de sa bouche. — Bois !

— Et toi, murmure Giuseppe, c'est la première fois que tu veux donner du plaisir à quelqu'un ; mais encore, c'est par force. Il gloussa, bâilla, s'allongea, s'endormit peut-être. La lune voyageait dans une autre nuit, car on ne la voyait guère — et la Foscarini, en barque cette fois, comme un lointain souvenir, retraversait la ville endormie, le temps, les ponts jetés entre deux marges d'ombre blanche et de silence, avec la tête pétrifiée des rêves ; et Fabiano se retourne, s'adosse au mur, et couvre de son manteau tout son visage, quand, imperceptiblement, mais avec les amarres tout à coup rejetées sur le pont, la galère capitane s'écarte enfin du quai. Rien d'autre de possible... Sauver le moment, seul moyen de préserver le futur. C'est peut-être seulement construire le passé, ce fragile mais tenace monument d'erreurs. Qu'a-t-il voulu ? et maintenant, aux portes de la mort — comme une mer ouverte pour une seule fuite possible — voudrait-il une autre chose, un autre partage... Une lumière de craie, trop fausse : c'était un autre jour. Cà Monselice, des lampes s'éteignirent en fumant, l'une après l'autre. « Non ! », crie Nicolosia : « Non ! je ne veux pas, jamais je ne voudrai »... Dans un coin, un dormeur lève un instant la tête, et retourne à son sommeil, un bref sourire sur les lèvres. Elle est folle de rage et de dégoût, et il est sur elle, de ses deux genoux sur ses épaules, sauvage et lâche et l'une de ses mains lui (elle lui crie son dégoût et lui crache à la figure, mais il répète, d'une voix blanche, serrée, il répète qu'elle le fera, mais elle crie : « Non ! ») — elle n'en peut plus, les épaules brisées et il tombe sur elle, il a empoigné ses cheveux à la faire hurler et elle sent son ventre contre son visage, qui s'agite ; un peu de sueur... Tout est donc achevé, pour lui, Fabiano. Il laisse aller le pan de son manteau, et pense au bonheur de celui qui écrit des poèmes — puisqu'il enferme prisonniers le temps et l'amour. Et alors (Tomaso se plie en deux, à deux reprises le sang jaillit. Le sang aussitôt poissait les doigts, et son visage : Nicolosia !) C'était comme s'ils se fussent tous retrouvés en haut du campanile, ce cri rouge, et que le jour encore pâle et incertain ait pu révéler, l'un après l'autre, chacun de ces moments qui étincelaient très loin, comme les marques du vent sur la mer, les feux d'une ville qu'on abandonne à jamais, les feux d'un navire perdu, les lumières des chemins le soir, et qui seraient enfin pour eux tous partagés et rassemblés dans les cercles soudain tout-puissants de la mémoire.

La nuit et le calme ! Tout allait finir, et c'était bien. Il y avait dans ses bagages un mince paquet au nom de Fabiano. Les seuls poèmes qu'il aurait voulu sauver. Peut-être ainsi une poésie de lui survivrait-elle à Venise, même si Venise mourait un jour. Il était très loin, sans désir. L'oubli était déjà sur ce qu'il avait souffert, et ce qu'il avait aimé.

Le 8 septembre 17..

Ainsi que votre humble serviteur l'a fait connaître dès hier à Votre Ordre Vénéré, un Français a pris logement dans la demeure de Don Giovani Montovano, abbé. Votre serviteur a étroitement surveillé les allées et venues autour de cette demeure, conformément aux désirs exprimés par Vos Seigneuries Illustrissimes, qui sont de connaître très exactement les raisons du séjour de tout étranger dans notre Sérénissime et les agissements, discours, et commerce qu'ils peuvent y pratiquer. Occupé de ce Français, mais forcé de céder à une juste fatigue, je me suis fait suppléer dans la nuit par un homme qui ne saurait me tromper, et qui est venu me rapporter dès le jour qu'une dame certainement noble s'était rendue chez Don Giovani, conduite par le valet qui était allé la quérir, et qu'elle était demeurée environ une heure sans qu'aucun bruit ni lumière ne se fasse. Puis elle est repartie avec le même batelier dont la gondole ne portait aucune marque particulière. L'homme, en qui j'ai confiance — et puissé-je ne me tromper jamais pour le service et la reconnaissance dus à Vos Grandeurs ! —, a demandé après l'arrivée de la femme si le batelier pouvait le conduire où il avait à faire, mais l'autre a dit qu'il était retenu, et là-dessus il s'est couché dans sa gondole sans vouloir parler davantage.

Sans doute, cela me coûtera quelque argent d'avoir employé cet homme, mais rien ne saurait être épargné pour satisfaire aux volontés de Vos Grandeurs, et je baise respectueusement Votre Vêtement Vénéré.

(Billet reçu par le Secrétaire des Inquisiteurs d'Etat, ce même jour à midi.)

aube

La nuit, l'eau du fleuve, venaient battre les marches de marbre de la terrasse. Le parfum du magnolia caressait l'équivoque petite statue grecque. La lourde robe de la nuit d'été, les marches de marbre blanc, l'eau remuante du fleuve. Kurt jouait l'andante d'un concerto de Marcello. Une complicité liait la nuit au chant liquide du hautbois. Laura aimait et comprenait cette complicité, qui nouait entre eux tous, au-delà de la nuit et du moment, un lien paresseux. Contre le socle de l'éphèbe, la tache sombre du visage de Fabiano et le triangle obscur de sa poitrine, sa chemise de soie blanche ouverte. La musique sait qu'elle va mourir. Mais les oiseaux, jusqu'au dernier moment, ne savent pas. La mort, c'est cela qui nous donne notre dimension, disait Saint-Sever ; la mort. Nous le devinons, mais un peu par inadvertance, car ce sont toujours les autres qui meurent. Ce qui fait la musique si belle — si douloureusement belle —, c'est qu'elle meurt en marchant. Il faisait très doux. Il y avait le battement feutré des chevêches, leur plainte brève ; le hautbois tendait une corde invisible qui tremblait entre eux et la nuit. Il ne fallait plus bouger, assura Montovano, car la jeunesse aussi meurt en marchant. Et pourquoi ne pas attendre dix ans avant que de vouloir vieillir ? « Enfin, Giovani, vous êtes un utopiste : dans dix ans je ne connaîtrai plus personne, et j'aurai l'air d'une folle dans une toilette démodée... » Connaître les autres, c'est les voir... Se connaissent-ils ? Mieux ce soir, peut-être, parce qu'ils partageaient le temps et chacun offrait son secret dans l'ombre — sans trop parler. Les peintres nous peignent, nous disons *peut-être,* immobiles au bord de l'aveu — et nous n'avouons jamais. Il nous faut, pour ceux qu'on aime, surtout, des réserves de silence. C'est une confiance que cet amour qui se tait, et nous tient l'un à l'autre sans discours. Et tout cela, ce n'est que des mots. La seule vérité profonde de l'homme, pensait Fabiano, c'est la solitude. Kurt avait fini de tuer la musique, dont l'écho demeurait, pour chacun d'eux, comme la lumière mourante d'un moment de joie, d'amertume, de regret. Très étrangers, très loin, oui, très loin les uns des autres. Isolés. Odeur vive des feuilles, et les caresses de l'eau sur le marbre. « Que faire de la vie ? » dit-il (et il pensait : tout donner, il faut tout donner). Très éloignés les uns des autres, mais ne le sachant pas. On recherche l'amour, ou l'amitié parce qu'on ignore qu'on est seul, depuis toujours, et qu'on sera seul en face de rien, un jour, même quand on meurt dans les bras de l'amour qui a partage nos années.

— Il faut épuiser la vie, dit Montovano, on ne doit pas la refuser, on ne le peut pas. Il faut l'aimer assez pour l'épuiser, et ne pas s'en rendre esclave — en somme, c'est d'une femme que je parle ! — ne pas s'y attacher trop, pour l'abandonner sans mal.

— Quel bel éloge de l'ingratitude, l'Abbé, répondit Laura Foscarini.

— Il ne pense pas à *une femme ;* il parle *des* femmes.

— C'est une philosophie ! Sourire de soi, c'est déjà

moins souffrir. Ah ! j'aime l'été de la campagne de Venise. Si je pouvais être heureux, je le serais, ce soir, Mais sachez que celui qui respecte les femmes ne les aime pas.

— La philosophie ne comprend pas le bonheur ?

— Elle n'y connaît pas grand-chose, dit Fabiano. Mais elle en parle beaucoup. Les philosophes ne parlent que de ce qu'ils ignorent, et croient n'importe quoi qu'ils ont imaginé.

— Voilà, dit l'abbé, pourquoi le bonheur, c'est être philosophe. Mais je ne le suis pas.

— Heureusement pour vous, dit Paolo Foscarini : on vous jetterait dans la Brenta ! Les questions empoisonnent la vie. Autrefois, personne ne se posait tant de questions. Vous connaissez tous ma tante, la Foscarini Barbieri ? Elle a mangé sa fortune et donné celle de son mari. Toute l'Europe l'a vue se promener en dansant, et le lit du cardinal de Bologne l'a vue passer en amour. Il n'y a pas eu que le lit du cardinal de Bologne. A cinquante ans, elle promenait partout des jeunes gens ravissants. Elle est morte à soixante-quinze ans, avec une fortune immense, des terres, des amants, des bijoux à faire rêver ; et elle n'a jamais lu un livre ! Si, les romans de Pétrone et de Lucien. Elle les a donnés avant de mourir à une loterie pour les aveugles. Elle m'a confié sa fortune et deux choses qu'elle affirmait plus importantes encore, si c'est possible : qu'elle avait été très heureuse, et qu'il ne fallait jamais être tout à fait fou.

— C'est Venise elle-même, dit Fabiano. Mais elle crèvera aussi. Venise n'a jamais aimé personne. C'est une vieille catin splendide. — Mais il l'aimait, lui. Toujours.

— Venise est amoureuse du plaisir et de la beauté,

disait Montovano. Elle est faite pour les Français et pour les Italiens.

— Mais elle est un très vieux fauve âpre au gain, coupe Fabiano. Un fauve de race, fatigué...

— De race fatiguée...

— Saint-Sever, aimez-vous le plaisir et la beauté ?

— Oui.

— Cela vous rend-il heureux ou malheureux ?

— Malheureux, infiniment.

— C'est qu'il aime autre chose, qu'il veut aimer autre chose. Le plaisir donne seulement un peu de mélancolie, dit l'abbé. Aimer, c'est vouloir l'impossible, donc être malheureux. Avoir ce qu'on a du plaisir à prendre, ça rend un peu triste quand on n'en n'a plus envie du tout. C'est plus simple.

— Dès qu'on est à même de prendre, on n'a plus envie ; pour ne rien gâcher...

— Vous parlez trop, vous ennuyez tout le monde, dit Laura.

— Oui, dit Saint-Sever, il faut regarder la nuit.

La nuit est faite pour qu'on la regarde comme on regarde l'amour : en aveugles. Les êtres qu'on aime ont un profil qui n'est que pour nous. La nuit, c'est le visage obscur et merveilleux de la vie offert à ceux qui l'adorent. La nuit tiède, et les barques sans effort sur l'épaule de l'eau, que guide le cri de la chevêche, comme la chouette sur l'épaule d'Athéna guidait entre les îles les grandes flottes pour la guerre. Maintenant, le lion ailé s'endort dans la nuit, pour mieux aimer ce qu'il ne peut plus défendre. L'humide odeur des feuilles, la bouche de l'eau sur le marbre, la bouche de Laura (et le geste interrompu dans la nuit, le geste pâle dans la nuit des statues, c'est ce geste que nous attendons, le moment toujours imaginé ; le geste qu'on ne fera pas — et la musique se lève, brusquement, mais légère, danseuse et sans rien qu'on puisse opposer à ce charme terrible : souveraine), la nuit, et ses lèvres posées sur nous.

Saint-Sever, disait Montovano, possède la grâce maigre d'un chat sans maître, et son orgueil malade. Depuis combien d'années la musique de Marcello attendait-elle de mourir ? avançant, avec cette allure de danse sacrée de l'un à l'autre, et dans la mémoire... C'est elle peut-être qui attendait qu'ils meurent, les uns après les autres, pour se taire dans la nuit. Fabiano savait bien que, plus tard, s'il lui était donné d'entendre de nouveau cet andante, tout cela revivrait, tout ce qui s'était passé ce soir-là au bord de la Brenta, sous les arbres légers, entre les statues de marbre, et *qu'ils inventeraient encore une fois* ce qui s'était dit, ce qui était dit depuis si longtemps entre eux, avant même qu'ils se rencontrent et qu'ils essaient tous de se connaître un peu, et aussi tout ce qui demeurait tu, depuis toujours — et à jamais. Derrière la statue grecque, les feuilles luisantes d'un laurier, alourdies par la nuit. Sur les marches, l'eau furtive avançait des caresses aussitôt reprises, divisées par le chant aigu du hautbois, et Paolo posait sa tête sur les genoux de sa femme, Laura ; c'était son droit.

Saint-Sever allait repartir pour la France, régler des affaires, disait-il ; il assurait qu'il n'aurait de cesse de revenir, de les retrouver, il assurait cela très sincèrement, et pourtant il comptait, lui, Fabiano, combien d'années s'étaient écoulées sans qu'il revienne, sans qu'on ait de ses nouvelles, sinon quelques lettres brèves, les premiers mois... Quelqu'un parmi eux avait-il reçu des lettres dont volontairement il n'avait rien dit ? peut-être sur la demande de Saint-Sever, qui était si secret... A Florence, ils se promenaient seuls, très tard, dans la nuit si vivante de la Toscane, les étoiles stridentes au ras des collines. (Fabiano venait d'apprendre la mort de son oncle, sa ruine, il lui fallait partir pour Venise avec le vieux Francesco venu le chercher.) Ce soir-là, Saint-Sever lui dit simplement : « Si tu le veux, je t'accompagne à Venise. Si tu n'as plus d'argent, j'en ai plus qu'il n'en faut pour deux. Je préférerais ne pas te quitter. Mais c'est à toi de choisir. » Et c'était à lui cette nuit présente — hier — de partir, de les abandonner. Paolo restait immobile, on ne pouvait voir si Laura avait posé sa main sur son visage. En tout cas elle avait respecté son geste, la tête de Paolo reposait sur ses cuisses, au creux de la robe au tissu craquant et frais ; Giovani battait doucement la mesure d'une main, qui s'agitait entre ses genoux, et la musique écrivait dans son langage éphémère (Fabiano hésitant à se lever, à s'asseoir sur la balustrade de pierre près de Saint-Sever, pour lui dire) ce qui aurait pu être l'histoire de leur solitude. Adossé aux balustres de pierre, se détachant comme un décor de théâtre sur le rideau immobile de la nuit, adossé sans un geste, mince et lointain et muet et tous savaient, pourtant, la tristesse de son départ. Ils n'en parlaient pas ; c'était inutile, on ne changerait rien à cela, il fallait qu'il parte. Il souriait en pensant qu'il valait mieux ne pas gâcher les mots qu'on aurait pu dire avec les mots que l'on dit. Il avait ainsi coupé court les phrases d'adieu de Montovano, quelques jours plus tard, alors que l'abbé l'accompagnait à la barque de Padoue. C'est donc à ces mots inconnus, à ces gestes désirés et qui sait, redoutés ? qu'il rêvait, devant Laura figée par le repos de Paolo — et près de Fabiano, qui enfin s'était approché, pour parler de Florence, de tout ce que ces quelques années leur avaient donné, au-delà même de l'amitié, de leurs études. (« Te souviens-tu, tu aimais par-dessus tout les chroniqueurs. Les *Commentaires* de César, et Montecuccoli, fou que tu étais ; et la guerre est pour moi... »). Une jeunesse pour deux... Et, à l'aurore, quand la route s'acheva, née sous les sabots du cheval porteur de ses deux maîtres, fidèle, infatigable, la mer apparut se roulant paresseuse le long d'une plage immense et le destin déchira l'unique manteau de ces deux demi-dieux inconnus et démunis ; il leur restait, à chacun, de quoi mal vêtir un homme.

On apporta des tables basses pour souper sous la lune, avec de petites lanternes, des coussins, des tapis. Les boissons rafraîchissaient dans un bassin empli de glace. Ceux qui étaient demeurés dans les salons à jouer revinrent en riant, et tout fut changé. Tous ces plaisirs dans la nuit devenue pâle étaient irréels, passaient comme un rêve ; et les phrases volaient de l'un à l'autre, les rires, sans poids, sans lien. Tout le monde rêve, de peur d'avoir à penser. Et de cela, personne ne se lasse, la vérité n'est plus qu'illusion. — « Venise a conféré l'immortalité à tout ce qui est éphémère », dit Fabiano à Giovani-Battista, qui prenait des croquis de la Foscarini. Paolo se leva, un verre à la main.

— Que cette nuit vous soit agréable ! Puisque j'ai le bonheur que vous soyez mes hôtes, permettez, mes chers amis, à un diplomate de la Sérénissime de vous offrir ce paradoxe : pas de masques chez moi ! A votre plaisir !

— Je vous absous de toutes nos erreurs, dit l'abbé en buvant à son tour. Je suis la clémence d'Auguste : c'est le geste dont un vieux poète honorait un César. A nos plaisirs !

— Toutes les voies du Seigneur mènent à Rome ; l'Abbé, tu seras cardinal ! cria le prince de Saxe. Mes amis, buvons au plaisir !

La nuit très douce et très pure coulait sur eux, et la rivière sur les marches de marbre. Fabiano regardait Saint-Sever. Ecrirait-il jamais ces moments perdus ? (Il passa un doigt sur ses lèvres et pensa : « Non, assurément, ce n'est pas ce temps-là qui compte — mais ce qu'il laisse à Venise, ce qu'il emportera, ce qu'il regrettera, mais cela, toi aussi tu l'ignores, et il ne te le confiera pas. Fabiano Fabiani, il faut boire pour oublier ce que tu ignores, pour oublier ce que tu ne connaîtras jamais plus... ») Mais à quel moment Saint-Sever se pencha-t-il vers lui, pour murmurer : « Quand il n'y a plus que des plaisirs, il n'y a plus de passion ; toi aussi, tu devrais partir. Passionne-moi et je reviens. Passionne-moi, Fabiano. » Le bruit, l'écho de ses pas sur les dalles le long du canal levaient trop de souvenirs pour qu'il soit capable de se couper de tout.

— Tu revois, dit-il, tu n'as pas oublié la scène du petit campo — était-ce San Anzolo ? — l'été dernier, à midi ; nous étions seuls et nous étions si furieux l'un contre l'autre — cette incroyable lumière posée sur nous, sur les palais rouge ou jaune d'œuf et le campanile follement de travers, penché pour nous séparer avant qu'on se tue, peut-être ? Fabiano, tu étais hors de toi. J'aimais ta violence qui valait mieux que mes raisons — mais jamais sous le soleil rouge et jaune de ce midi d'été, je ne l'aurais avoué, et la lumière n'en finissait plus, elle avait bu les nuances, les repentirs, elle était triomphante et dangereuse, elle exaltait ton visage et le mien comme dans une lice deux couleurs pour un combat. Parce que toi, tu faisais place au bonheur, tu te moquais de la gloire, des actions valeureuses, des victoires des armes et des traités qui ne sont qu'avatars au long de l'Histoire. Et je savais, disait encore Saint-Sever, que tu ne serais pas heureux, que tu irais chaque jour de ta vie vers un visage différent, que tu prendrais ce visage entre tes mains jointes comme on boit pour apaiser la soif d'une vieille illusion, celle d'un amour, d'un partage qui ne soit plus éphémère ; un visage que tu puisses aimer quand il se relève de ton épaule, quand tu as cessé d'y boire l'eau furtive du plaisir, et que tu *veux* retrouver tel que tu l'as aimé le premier jour, tel tu l'imagines — et c'est pourquoi tu ne seras pas heureux. Sais-tu qui tu aimes ? Connais-tu qui tu aimerais aimer ? Enfermé par les murs éclatants des palais et de maisons nobles aux fenêtres encombrées de fleurs violettes et rouges, le soleil fixe, le campanile proche appuyé sur la lumière, et toi, avec la colère d'un chien qui cherche à arracher le masque sous lequel s'est caché son maître, le seul masque pour mourir en paix. Moi, je ne suis rien ; rien n'a d'importance, seulement le peu que je puis sauver, le peu que j'ai pu sortir de moi pour une offrande. Te souviens-tu, disait Saint-Sever ; tu me détestais presque. Je voulais passionnément te sauver de toi, faire que tu sois dur, que tu deviennes un demi-dieu qui n'appartienne jamais à personne, et que, tous, nous puissions ne vivre que pour toi, parce que nous t'avions élu. A force de refuser tu seras vainqueur et, quand le cheval qui te porte entrera dans la mer, et mêlera son écume à l'écume des vagues, pense que tu es le statuaire de ton plus beau moment, et arrête le soleil. Ne sois pas moins heureux que la gloire !

— Tu es complètement fou, dit doucement Fabiano. (Maintenant dans la nuit très calme, ses pas solitaires sur les dalles de pierre réveillaient l'écho des murs aveugles et le tintement des verres, et les rires.)

Montovano était ivre, et lui aussi, et le prince de Saxe, qui caressait les cheveux de Kurt, son petit musicien. Laura riait ; elle comprenait maintenant ce qu'elle désirait, mais ce n'était guère possible. La fumée bleue du tabac d'Orient dansait, molle et triste, entre les lanternes. Souvent, Fabiano s'était demandé si les phrases ont le pouvoir de changer le cours de la vie. La vie, des moments sans rapport, sans lien, sans raison, que l'imagination veut ennoblir. Un jour, Venise s'enfoncera, s'effondrera, les murs précieux de ses palais, aux loggias élégantes, avec leurs tentures et leurs salons emplis de merveilles, rouleront dans la lagune envahie indifférente, et il ne restera pas même le geste orgueilleux d'un campanile pour guider la mémoire sur les flots boueux de la mer. Il marchait dans ces ruines futures ; il avait accepté la charge du destin, si éphémère, de la République de la Mer, mais ce qu'il tentait de fuir, cette nuit, c'était cela qu'il avait toujours attendu, ce qui pouvait donner un sens à la vie : était-ce donc plus difficile qu'affronter la mort ? Etait-ce un mirage, qui s'était levé dans le bruit des vagues, au-delà même de l'amour, le long des plages du temps...

... Affronter la vie ? Tout lui avait été retiré ; puis tout lui était donné à nouveau. Orphelin, adopté, puis seul encore, et ruiné sur le pavé de Venise, adopté encore, choisi par hasard, élevé sans effort, adulé, recherché, l'un des plus jeunes parmi ceux que la Sérénissime avait choisis pour son service, le plus comblé peut-être — mais le bonheur ? Ses amis l'ont choisi, pour l'amitié ; Venise l'a choisi, pour sa gloire, et tout se défait dans ses mains tant il a soif d'abandon. Enfin se retrouver !

— J'abandonne l'immortalité dorée, avait-il dit à Saint-Sever, pour un peu d'éternité, le temps de vivre.

— La gloire est plus accessible que le bonheur.

— Je n'aime pas ce qui est trop facile. J'ai la passion du bonheur, ne m'en veuilles pas (mais il savait qu'il serait déçu, qu'il se sentirait trahi).

Pourquoi évoquer, ce soir-là, leur querelle ? Les doigts de Saint-Sever couraient sur le bord de son verre. Son visage fermé s'était penché et il ne regardait personne. Il allait partir. Il était absent déjà ; et Fabiano pressentit qu'ils ne se reverraient pas. Pourquoi quittait-il Venise, où tout le retenait ? Il regarda Laura, mais elle plaisantait, Paolo demeurait près d'elle, et pourtant il n'y avait pas d'amour entre eux. Que s'était-il passé avec Saint-Sever ? Le Français se leva, fit quelques pas dans l'ombre et s'accouda à la terrasse. La Brenta brillait et chuchotait le long des marches. Une odeur fade montait de la rivière, mais les parfums poivrés des arbustes tournaient lentement entre les statues de marbre. Les saules argentés tremblaient à peine. La lune courait d'un petit nuage pâle à l'autre, très vite, très haut, dans le ciel d'Italie, très loin. Fabiano posa une main sur l'épaule de son ami. Puis il se retourna et s'en alla vers la villa.

« Te souviens-tu ? Je te détestais presque », avait dit Saint-Sever. C'était au retour de la mission à la cour de Vienne et toute cette affaire de politique à Vienne pour lui avait compté comme une partie de balle, bals à la cour et mensonges enveloppés dans des promesses que la Sérénissime mettrait le comble de son art à ne pas tenir, bien sûr — et il avait réglé des accords tellement contradictoires qu'on pourrait toujours accuser l'Autriche de les avoir violés. (Il en riait avec Paolo.) Ce que Saint-Sever réprouvait, n'était-ce pas une faculté de détachement à peu près absolue... On pardonne plus facilement à nos amis de nous tromper que de nous décevoir, et il décevait Saint-Sever en se moquant de la diplomatie, de la guerre et de la gloire. Il allait, seul, et pensait qu'il faut être soi, d'accord avec soi, avant toute chose, au-delà de toute chose, c'est-à-dire être heureux. Saint-Sever criait qu'il perdait sa vie. Lui, il souriait, il s'efforçait de vivre chacun des petits moments offerts, chaque instant si fugitif, si fragile, et que le moindre souffle du temps disperse sans retour dès qu'il n'est pas chargé, cet instant, ce geste, d'un peu de ce sentiment, de cet équilibre partagé qu'on croit être le bonheur. « Que veux-tu que je fasse ? » demandait Fabiano. « Nous avons lu Montecuccoli, nous connaissons l'art de la guerre : pourquoi le prouver en jetant deux armées l'une contre l'autre ? Le sang est-il le gage du savoir ? Faut-il, pour chacun des poèmes que tu écris, tuer un homme ? » Mais le Français le harcelait. « On ne gouverne plus Venise », disait Fabiano. L'imaginait-il vraiment se promener sur le *Broglio,* sous le masque, tramant des complots qui ne seraient que des embrouillamini, ou allant à travers l'Europe, chargé de missions qui ne seraient jamais que du bavardage dissimulant — pour ceux-là seulement qui ne voulaient pas *voir* —, ou tentant de dissimuler que la politique vénitienne n'était plus que parade et faux-semblant ? Et Saint-Sever était après lui, désespérément, comme un enfant qui va se perdre, a peur de se perdre...

— Pourquoi as-tu peur d'être heureux ? interrogea Fabiano, tu ne vis pas ? (La lumière verte et dorée entre les navires, entre les palais, le songe des quais à perte de vue, les dignitaires, les curieux, les princes, les scènes enchaînées, les scènes superposées de la légende, le roi, les petits chiens bien peignés, la langue innombrable des vagues sous les portiques, et moi je suis là, un peu dans l'ombre, un peu à l'écart, à la fois attentif à ces paroles très importantes qu'on prononce dans le langage des cours et pourtant distrait, absent, absent, comme si je m'écrivais à moi-même, sans entendre les discours des ambassadeurs ni la cérémonieuse réponse du roi lorsqu'il dit : « Je dois avertir la princesse ma fille de cet insigne honneur. » Distrait et inutile — utile dans la mesure où les princes décideront et changeront l'ordre immédiat des choses du monde en prévoyant l'enchaînement des changements et des rapports futurs entre les peuples : moi, je ne suis que le scribe, et pourquoi refuses-tu d'être le prince qui change les choses ?) Et après sa nomination de grand Commandeur de la Mer, Fabiano était allé revoir les grands tableaux de ce vieux peintre bizarre, et il s'en souvenait maintenant, marchant seul, serré dans son manteau, dans la nuit plus claire, parcourue par de très hauts nuages (— non, il ne pleuvait pas, et le jour approchait...), il se souvenait de Saint-Sever devant ces grands tableaux, avec lui, il y avait bien des années, mais il se le rappelait parlant, parlant, rêvant éveillé : *Je ne serai que le scribe de ce que j'eusse aimé faire ; de ce que j'aimerais être. Etre toi ! Je serais le Doge, celui qui décide, celui qui fait l'histoire, celui qui peut. Je ne suis que celui qui désire.* Le Doge ! le Doge n'est rien.

— Je ne suis qu'un jeune homme de Venise, dit Fabiano, et toi, tu ignores ce que tu désires, et tu désires ce que tu ignores.

Ah ! ces discours, ces raisons, et la nuit qu'ils s'étaient retrouvés au bord de la Brenta, dans la villa Foscarini, n'avait peut-être été que l'obscur, l'incompréhensible achèvement de tant d'absurdité. Personne ne connaît plus la règle du jeu, comment accuser l'un ou l'autre de tricher ? Il voulait lui dire, lui prouver — mais quoi prouver, et que pouvait-il dire ? —, surtout la veille de son départ pour la France, qu'il ne fallait rien gâcher, qu'il devait penser à revenir... « Laisse-moi », disait-il. Mais ce n'était pas aussi simple. La lune courait de plus en plus pâle, et la plupart des lampes s'étaient éteintes. La nuit tiède d'odeurs était nuit d'été. Un charme trouble, et les dieux et les faux dieux de marbre délivrés célébraient l'union de la terre et de l'eau, de la lune folle et de la venue du jour, de l'arbre et de la pierre. Ivre, le prince de Saxe dormait sur des coussins, enveloppé dans une nappe, comme un tombeau veillé par son gisant. Les derniers oiseaux de nuit, maladroits, et l'eau inlassable sur les marches. Au fond de l'allée, la villa, les portiques, peints sur la nuit violette. Une seule fenêtre avec une lumière qui tremble. L'aboiement d'un chien, de l'autre côté de la rivière, réveille un coq rouillé. Au bas des marches la barque que l'on détache, et qui emporte (sur la chemise blanche d'un homme l'irréelle lumière de la lune) un très jeune homme — ses cheveux blonds brillants. L'allée déserte, l'angle de la villa, les lourds buissons luisants des lauriers et la fenêtre éclairée, au premier étage. Sur la table basse, au centre de la terrasse, un oiseau minuscule pique du bec entre les éclats métalliques des couverts pour trouver les miettes. Demeurée plus sombre que la nuit, réapparaît la garde des cyprès. Le cri de la chevêche ; et une femme se penche un court moment à la fenêtre de la chambre de Montovano avec la lumière jaune qui tremble sur ses épaules. Au bord de la Brenta, la barque a fait crisser les iris d'eau, et s'en va, lentement, accompagnant la nuit qui se retire vers la plaine et il y a partout un indistinct frémissement d'insectes. Il y a partout comme une intense jubilation, qui court et se dresse à la limite du jour, de l'eau et du chant lourd d'odeurs de l'été — et l'irréel décor de lumière pâle des portiques et des murs, des terrasses et le geste suspendu des dieux... Le vent secoue doucement les saules pour en faire tomber ce qui reste de nuit, et le prince se retourne en gémissant dans la nappe tachée de vin ; le coq encore : « C'était, dit Caterina, la chouette » ; et la lampe, ou la chandelle, s'éteignit. Et de l'allée on peut voir une grande chambre qui ouvre par trois fenêtres sur la terrasse (une fleur dans un verre de cristal, sur la balustrade de marbre de l'une des fenêtres). Le parfum des lauriers. Une ombre qui marche, venant des jardins. Le vent est caressant, sous le mince croissant de la Lune. Ses cheveux pâles dénoués, elle demeure, nue, droite, sans bouger, claire, à peine sculptée par ce demi-jour qui coule sur ses seins et l'eau de ses jambes comme une eau sur une eau plus chaude — eau parfaite de ses jambes qui monte se nouer enténébrée... En suivant l'allée, on vient à la fenêtre où est une fleur et, droite, rêveuse, nue de l'ombre retirée sinon sous les seins dressés et le croissant de l'aine, elle, tes mains maintenant caressant ses épaules sous le lourd ruissellement du jour des cheveux défaits, du jour encore à naître de ton désir, nu, tes mains maintenant posées sur ses seins, elle ne bouge pas, le temps s'arrête. Les arbres s'éveillent. Quand la porte s'ouvre, tu ne dis rien (et tu la vois, tu épies son profil pur), tu ne retires pas ton corps. Mais lui, tu *savais* qu'il viendrait et tu l'entends marcher et puis le froissement quand il se dévêt — elle ses cils ont battu, et long son dos se cambre. Tu l'entends se dévêtir et venir à vous. Elle, se tait, ne bouge plus, a fermé les yeux, sachant, acceptant. La lumière est très douce, et les jardins adorables dans un peu de brume. L'aube se lève et la sereine musique du temps.

mer

La mer autour de Venise, et puis la lagune, grise et plate, et parfois cachée par une robe de pluie et de brumes. Passe les portiques, les murs muets de marbre clair et, sous le regard immobile de la statue, descends les marches. Une voile un peu rouge aussi, dans un autre sens. Descends les marches, Fabiano Fabiani, et avance vers la mer, avance encore, c'est le contraire de la mort.

On ne comprend pas ces paroles qu'elle roule et déroule devant nous sans jamais parvenir à la fin de sa légende. Parle-t-elle ainsi depuis toujours, et pour qui ? Pour tous les sourds que nous sommes depuis le commencement des temps, et même pour ceux qui ne l'ont pas vue et ne la verront jamais ; ou simplement à l'égard des élus, ceux qui ont gardé le privilège de l'aimer comme on garde le feu d'un temple.

La statue bouge ? L'eau peut-être va se taire ? Alors, ce sera l'éternité... De l'autre côté de la mer. Cela ne se voit pas sur les portulans. « Gravis les marches de la chance », disait le vieux Borsi. Et sa main déjà morte te fit monter encore. Il avait raison de te parler de la chance. La chance, pour les autres, c'est avoir tout ce qu'ils ont. Borsi est mort. Filipo Borsi est mort. Sur ses cartes, on ne pouvait pas lire ce qu'il y a de l'autre côté de la mort, et il avait très peur, il n'avait pas pour habitude de naviguer sur des eaux inconnues. Il lui manquait l'amour de l'imprévu. Mais toi, si tu ne refuses pas d'aller vers des régions muettes sur les cartes, c'est qu'il n'y a plus rien que tu aies connu que tu puisses encore aimer. Descends, Fabiano, les marches de la chance. Le quai est à l'abandon de la nuit. Le jour qui se lève est inhabité. Il fait presque froid. C'est le moment d'attendre, seul, que rien ne vienne. L'eau bavarde au ras des marches, et recommence son discours, mais sais-tu, toi, où sont le commencement et la fin des choses, quand ce qui est accompli fait que ce qui peut venir est de nulle importance — la voile s'en allait sans bruit ; autant s'en aller ainsi. Il n'y a pas d'étoiles. La carte du ciel de Simonetta est donc inutile, elle aussi. C'est un décor. Faire l'amour sous la carte du ciel doit donner des idées intéressantes, tu en parleras avec Saint-Sever, puisque toi tu ne fais que remuer comme du vent sur le sable et que ce qui s'écrit ne t'appartient pas. On triche avec tout et surtout avec soi. La vérité, c'est l'art du mensonge. Est-ce celui qui aime le jeu qui triche, ou celui qui joue avec indifférence ? Et mieux on ment, plus on est proche de la vérité, c'est l'art de Simonetta sous les étoiles.

— Fabiano, dit Simonetta, tu ne m'écoutes jamais quand je te parle.

Elle lui parle et il rêve. Je rêve qu'elle me parle. Tu rêves que tu me parles et tu penses que. Il faut s'aimer beaucoup — non, il faut savoir aimer pour se taire, ensemble. Il faut être capable de beaucoup d'amour, pour écouter le silence de l'autre. Tu as passé ta vie à attendre ce silence, pensa-t-il, et ça mérite bien un soupir dans le petit matin frileux. Et le silence venu, cette espérance sans espoir, tu ne sais comment...

Toute parole est plate après la musique. Simonetta disait : on ne sait jamais (mais est-ce Simonetta ?), on ne sait jamais où on en est avec toi. La fin et le commencement des choses. Alors, assumons nos responsabilités, et choisissons, pour n'avoir pas su refuser de mener la dernière flotte de Venise à la guerre. Toujours le jeu. Cette fois c'est un jeu de prince, avec des galères, des navires de rang, des hommes à tuer — à faire tuer — un pavillon ; peu de poudre et de ferraille. Les Turcs ont toutes les chances (tu n'as jamais commandé un seul navire, la République est folle mais surtout elle est vieille, on l'abandonne, pauvre vieille catin politique — pauvre Simonetta qui vieillira solitaire, c'est là que tu arriveras). Et Venise n'a que ta chance à toi ; celle qu'elle t'a donnée. Rien de perdu en histoire. Ce ne sont pas les victimes qui comptent, mais les coupables. Coupables ? non : responsables. Ils comptent leurs chances de survie dans la mémoire de ceux qui restent, puisqu'il en reste toujours. C'est la banque de la politique, nous voilà donc banquier, amiral, plénipotentiaire, ruiné par dettes (pas les miennes) et riche par dotation : combien la peau d'italien vaudra-t-elle de peaux de turcs ? O mer ! tu n'as jamais dit non plus ce que tu penses de ces combats sur ton dos, sur ton ventre ; tu es comme le mensonge si vrai de l'amour qui voit se détruire avec tant d'ardeurs inutiles des aveugles qui croient que les coups reçus sont des coups donnés.

— Tu es, dit Laura, de ceux qu'il faut se garder d'aimer. J'aime te détester.

Tu as découvert ce silence, tu es allé jusqu'au fond de toi. Après il y avait un visage dans le silence et tu te taisais pour l'écouter — et tu ne t'avoueras pas qu'au-delà de ce visage, de tout ce qui n'a pas été dit, tu as rencontré une peur inconnue... Il te manquait l'imprévu de l'amour — et tu pouvais jeter par-dessus bord des cartes qui ne te serviront plus de rien. Entre les îles, d'ici la blanche Raguse géométrique, tu perdras bien trois ou quatre bateaux, c'est de jeu, te disais-tu. (Eprouver le besoin de perdre ce qui nous attache, de perdre ceux qui nous sont trop attachés ; et la figure de rat de Montovano dévorait ça avec l'appétit rapide d'un rat dévorant un rouleau des Eléates.) Seulement, ce n'est pas à tes galères, felouques armées et autres barques de gloire que tu es attaché. La flotte s'en va, ou pas. Se faire sauter avec le navire amiral. Mais on décide quand on est seul. Ce silence, au fond de toi, interroge et ne répond pas. Tu ne pouvais pas toujours fuir. Laura, non, tu ne m'auras pas détesté à ma mesure ! Pire que ce que tu n'as pas osé dire. Il y a les poésies de Saint-Sever, mais elles ne sont pas encore assez obscures : cette absence de mystère ne m'offre nul refuge. Le cher vieux rat (Montovano) se briserait bien les dents sur cet os ; tu es un sensible, Giovani, c'est pour cela que tu ne cesses de discourir. Sensuel avec les femmes, sensible avec les amis. Si tu es sensible... Mais c'est bien d'amitié qu'il s'agit ! Fabiano, tu bats la campagne, et te battras, te battras-tu pas contre le Turc ? Si tu te bats contre, dirait le Pape (il y en a encore un, à Rome, paraît-il), les Infidèles, tu dois, n'ayant aucune chance, enlever l'étincelante victoire. Saint-Sever dit du sort d'une bataille qu'il est le rapport d'un nombre incertain d'erreurs à un nombre incertain de hasards. Y a-t-il, dans ma vie, moins d'erreurs que de hasards ?... Saint-Sever s'entend-il mieux à l'art de la guerre sans l'avoir seulement faite une fois que Don Giovani à la vérité de l'amour qu'il pratique avec un minimum de repos entre les actes ? Et du repos, cela n'est pas certain : il prépare de nouveaux assauts, ce monstre, entre deux places emportées. Ce n'est pas un amoureux de l'amour Giovani, c'est un stratège, qui ne s'endort jamais en terrain conquis. Tout ce bruit sur le lit, et jamais ce silence au fond de la nuit. J'aimerais, moi, entendre ce silence dans un désert — immense. Etait-ce à cela *aussi* que rêvait Alexandre, appuyé sur l'épaule d'Ephestion, face aux grands plateaux rouges du désert des Perses... Au moins, nous aurons eu notre île. Cernée par le silence. Par *ton* silence. Et tu demandais trop, de ne rien exiger ! La mer déroulait devant nous ses sentences, tel un hymne en ton honneur. C'était hier, ou demain, et ce même vent passait et repassait dans les feuilles, dans ces arbres qui auront toujours des feuilles. Revenir à Venise, en vaincu, en vainqueur ? Je venais de lire sur ton visage une devise que peut-être, très jeune, j'aurais choisie, et qui me brûlait maintenant le cœur : *ne pas décevoir*. C'était, naturellement, impraticable et faux.

— Tu feras, dit Tomaso, encore plus de mal à ceux que tu aimeras qu'à ceux que tu hais...

Tout est devenu si simple. Tu n'as plus envie de jouer... Est-ce encore *ma chance,* que brusquement la vie te place en face de moi, pour m'obliger à choisir, et que je doive peser, moi qui ai tout reçu à mesure qu'on me retirait tout, le peu que je puis te donner ; j'ai peur que la vie te reprenne, comme un objet volé, ce bonheur que je n'ai pas appris ; j'ai peur de tout t'offrir, moi qui me suis dépris de tout...

J'aimais les masques de Venise, c'est l'aveu que toute la vie se joue masquée. J'aime le soir, ce moment très pur. Le murmure de l'eau sur le marbre et sur les roches. Voilà ce que nous sommes, un moment de conscience, qui s'élève et se consume, avant de se perdre. Le néant n'existe pas parce que nous le pensons. Sinon, tout ne serait que la terre qu'on remue, l'air qu'on respire. Des éléments et rien. Le bonheur est imaginaire — mais est-il impossible ? Je devrais attaquer les Turcs avant qu'ils aient pris leur café...

Les invités descendaient du navire et étaient accueillis sur le quai par les Pedrassi. Le temps était très chaud. On faisait porter les sacs et les bagages au palais, dont on apercevait la façade gothique, blanche et rose, à demi enfouie dans des grappes énormes de fleurs violettes. Il n'y avait pas le moindre souffle de vent de ce côté de l'île et, depuis le détroit, il avait fallu trois heures pour franchir une distance dérisoire.

L'île était aveuglante, avec de larges plaques blanches et des collines ocre. Les arbres partaient en mer, pour les besoins de la flotte, mais personne ne pensait à en planter d'autres. La chaleur, au centre de la grande et belle place de marbre pâle, était immobile, solide, lumineuse. On apercevait les colonnes gothiques de la façade rose et blanche du palazzo Pedrassi dans l'île, le dessin des loggias devant la mer au-dessus de la place de marbre. La chaleur était posée comme un feu pâle au milieu de la place. Dans l'ombre du palais, les jets d'eau, les fleurs, les Albanais en turban. En haut de l'île, il y avait encore une forêt de pins, dont l'odeur, le matin, descendait vers la mer. Il passa la main sur son front et du bout d'un doigt caressa ses lèvres. Souvenir difficile ? Ils se connaissaient, cependant, tous. Ils étaient couchés en lettres d'or sur le même livre, le Livre de Venise. De la loggia, il revint aveugle. La ligne de la mer, une épée qu'on se passe dans les yeux.

Ne voir que des ombres... (Il inspectait Pula, il était venu seul, sur une galère armée, par amitié pour

Vittorio Pedrassi.) Appuyé contre une colonne de la galerie, un très jeune homme les regardait.

— Fabiano, dit Nicolosia.

— Fabiano, c'est Domenico, dit Nicolosia. — Oui, dit-il. (Et le frère, Tomaso, devait être de la fête...) Monselice, Pedrassi, Foscarini, et il entendait au fond de la pièce le jeune Bragadin... Et les autres. On est entre soi, c'est sans surprise.

— Tu es là, toi aussi, murmura Fabiano en prenant la main de Laura. Qu'est-ce que nous faisons tous ici. C'est un anniversaire, une conspiration, il y a la peste à Venise ? A deux jours de bateau de San Marco : faut-il qu'on s'ennuie sur le Grand Canal ! Tu es plus belle que jamais ; je suis tout ébloui, tu sais. Il porta encore une fois la main sur ses yeux.

— Tu ne m'as même pas regardée : comme tu es menteur ! Ils diraient des phrases de ce genre facile — nous ne cessions pas de nous lancer et relancer des phrases creuses comme des balles. Un jeu de société. Enfin, il y voyait clair ; Laura, Nicolosia. C'était moins que l'amour, et plus que l'amitié. Donc, le frère de Domenico. Et puis, Antonio Correr, et la procuratrice Elisabeta-Pia, soixante-dix ans, les plus beaux diamants d'Italie, la moitié du Frioul, deux amants — de cœur, assurément, loyalement, uniquement —, un Autrichien et un Piémontais. L'Autrichien est blond, le Piémontais aussi. Vittorio a un très beau palazzo ici, deux à Venise et un à Bologne (dont un sien ancêtre avait réussi à dépouiller l'archevêque ; dans la famille de Pedrassi, c'est une histoire qu'on raconte volontiers). La vieille Elisabeta-Pia, dans un fauteuil, éventail, du sirop d'orgeat dans beaucoup d'eau frappée. Toutes les fenêtres fermées dans les chambres, et dans la cour de marbre où de l'eau chantait, il faisait presque frais. Il se dit, à ce moment-là pourquoi ? qu'il avait été idiot de venir. (Il s'incline : nez étroit et courbe, bouche mince, des yeux comme deux morceaux de faïence bleue, de la poudre, des cheveux, ah ! oui des cheveux blonds, le Piémontais à droite et l'Autrichien à gauche ou le contraire. « Mon cher enfant, je suis contente de vous voir ; Vittorio a eu au moins une idée dans sa vie, c'est cette charmante partie de campagne, et il faut, moi, que je vous attrape car je ne vous vois jamais. Vous connaissez déjà le chevalier Portoli (à gauche), n'est-ce pas, chez moi au printemps dernier et — non, c'est le comte de Salz (à droite), ah ! excusez-moi — savez-vous combien je vieillis, je n'arrive plus à me suivre ! — oui, le comte de Salz, un ami d'Autriche, vous vous êtes rencontrés à Vienne ? non ! Je me demande parfois si ce ne serait pas plus amusant que Venise, Vienne, mais quand on a mon âge, on ne sait plus bouger ; Portoli, où êtes-vous donc ! que je vous présente... » C'était Salz.)

— Pensent-ils sérieusement hériter les diamants et les terres, dit-il à Bragadin. Méchante comme elle est, elle ne leur laissera pas un sac de ducats.

— Mais tu as connu l'Allemand, l'Autrichien, plutôt, non ? Eh bien (et Bragadin se mit à rire)... Pourquoi es-tu venu ici ? A Venise on ne te trouve jamais et...

— Oh, dit Fabiano, c'est à cause de Vittorio, j'étais près d'ici, à Pola.

— Nicolosia, c'est fini, toujours fini ?

— Tu sais, il y a des souvenirs qui valent mieux qu'essayer de les gâcher.

— Alors, rien ?

— Rien qu'illusion, puisque tout ne sera jamais qu'illusion.

— Tu deviens frivole, non ?

— Bragadin, dit Fabiano, ton père t'a-t-il appris pourquoi l'Eccelso m'a désigné ? Cette guerre, si on ne l'arrête pas avant de la faire, va mener la République au désastre, tout le monde le sait, non ? Pas de navires, pas de munitions, pas de troupes qui sachent se battre. L'Autriche nous envahira pour nous protéger, au nom du Christ.

Ils étaient sous la galerie, on entendait l'eau fraîche dans les vasques, et des conversations coupées de rires, des bruits de pas, le rire de Nicolosia. Qu'est-ce qu'il faisait ici ! mais être là ou ailleurs...

— Je l'ignore, dit Bragadin ; ce que je sais, c'est que tu vas m'accorder de partir avec toi. Je n'ai pu te rejoindre à Venise.

Bragadin avait passé son bras sous son bras, et ils marchaient en silence, et il entendit alors qu'il y avait des oiseaux perchés partout, sur le toit, dans les arbustes, dans les niches des galeries (et des insectes dont le crissement était comme le bruit de la chaleur). Il fut presque heureux qu'il y eût des oiseaux sur cette île. L'odeur violente des collines brûlées, des arbustes secs. Il aimait ces terres qui brûlent, c'est un peu de pureté, il y découvrait un apaisement. Aller, seul, dès que ce sera possible, se baigner dans la mer...

— Pas un amiral n'accepterait de prendre un commandement dans ces conditions ; si pourtant, un Anglais !

Ils marchaient autour du patio, sous la galerie, et les serviteurs en turbans allaient et venaient sans bruit. Bragadin baissait le nez et regardait obstinément par terre.

— Je suis allé à Pola, reprit Fabiano. Il n'y a rien en état. Treize galères à mettre en chantier, c'est tout. Rien d'autre. J'aimerais tout de même savoir ce qu'en pense le Conseil. Il est vrai que, entre ce que pense le Conseil et ce qu'il faudrait... Le mieux est que je refuse, il y a cent raisons contre une. Même si je dois quitter

Venise, car ils m'en voudront terriblement : ce n'est pas une affaire d'Etat pour eux que se voir refuser ; c'est une affaire d'amour-propre.

— Tu ne refuseras pas, dit Bragadin.

— Et je ne pourrai prendre les balles et l'artillerie qui me manquent qu'à Raguse ! Ils sont complètement fous. Les Turcs se jetteront sur nous avant qu'on soit à Spalato. Il faudrait appareiller dans deux jours, dans six, mais on ne peut pas. « La boutique fout le camp », disait le vieux Frédéric, il n'y a pas longtemps. Mais regarde ! Regarde !

— C'est prodigieux, dit Bragadin. Si nous avions un peu de foi, nous dirions : c'est miraculeux !

Elle avançait, lentement, le visage encadré de boucles dorées et la mantille de dentelles noires posée sur une robe de soie sauvage — bleu changeant, fuyant, céleste, un bleu de grand peintre, un bleu fou, et les yeux pareils ; deux pierres d'un bleu dément. S'avance appuyée sur les archanges timides, de lin blanc vêtus, et blonds tous deux, tous trois : Salz à droite, à gauche Portoli. Passent, dans le léger bruit craquant de la soie rêche.

— C'est Venise, dit Fabiano.

— Oui. Et tu sais bien que non, dit Bragadin.

— Elle fait couper leurs cheveux pour s'en faire des perruques, la Madone.

— Oui, c'est prodigieux. Et tu vas m'apprendre dans dix minutes qu'elle est vierge ?

— C'est encore pire.

(Il était là peut-être depuis longtemps, sans bouger, contre une colonne du premier étage.)

Le ciel, entre les murs, d'une terrible pureté. Une sorte de silence, de silence...

— Tu ne connais pas l'histoire ? Bragadin le regarda curieusement, le prit par le coude.

— Oui, dit Fabiano, je t'écoute. (Mais ce n'était plus cela que tu écoutais, il n'y avait plus rien à écouter, que ce chant unique que les autres n'entendront jamais parce qu'il ne s'élève que pour nous, au moins une fois, peut-être une seule fois, pour apporter une réponse à la seule question, pour nous justifier d'être et, pourtant, c'est la même voix qui nous apporte le malheur... — mais le bonheur aussi est illusion.)

— Cesse donc de rêver, sinon tu vas couler la flotte du Pape.

— Je ne coulerai rien du tout.

— Tu le regretterais.

— Eh bien, c'est moi qui coulerai ! Mais je ne sais pas... Ecoute-moi, Bragadin : c'est la folie furieuse.

On entendait chanter l'eau du bassin. Lui, l'entendait. J'entendais l'eau du bassin, les pas de Bragadin, les miens. C'est difficile de penser : *j'entendais,* c'est *On* qui pense, toujours. Pourquoi, pour rester en dehors, pour marquer une distance ? Pour se garder de soi, sans doute... Aucun recul ne nous met à l'abri de nous-même, ni d'un mouvement de lumière d'orage ; tu le savais déjà, et ne le savais pas encore. Le bonheur, un reflet rapide qu'on apprend à lire sur le fleuve de la mort. Tu te souviens de ces vers de Lucrèce (ô une admiration obstinée) :

Hoc etiam in primis specimen verum esse videtur,
Quam celeri motu rerum simulacra ferantur :
Quod simul ac primum sub diu splendor aquai
Ponitur...

Domenico leur fit signe de la main, et Bragadin :

— Garde-le bien ; il mériterait d'être ton frère.

— Mais il ne l'est pas, dit Fabiano.

Il s'était arrêté et regardait le ciel entre les murs, et

le jeune frère de Tomaso. La jeunesse, qui est si rapide, est un moment d'éternité, peut-être. Se pencher à s'y perdre pour y saisir le reflet de ce feu venu de très loin, et qui a brusquement tout dissous autour de nous, tout désir, tout intérêt, tout ce qui n'est plus vrai... *La rapidité qui emporte les simulacres*. Tout se défait, tout passe. Ce qui importe n'est jamais que le reflet de ce qu'on désire. Rien n'est vrai, dit-il en souriant.

— Toi qui as tout ce qu'on peut désirer !

— Ce qu'on possède ne vaut jamais ce qu'on désire. Il s'assit au bord du bassin et laissa pendre sa main dans l'eau. Et, à mesure, ce que la vie nous apporte modifie l'image de ce qu'on attend. Je n'ai envie de rien, dit-il.

— Tu n'as pas besoin d'attendre, ou d'avoir envie.

— Oui, c'est bien vrai ; quand on n'attend rien, de quoi veux-tu avoir envie !

— Tu t'ennuies, mais nous nous ennuyons tous, dit Bragadin.

— Non, ce n'est pas exactement cela, ce n'est pas simple.

— Nous nous ennuyons tous, mais nous ne voulons pas le croire. Moi, je ne cesse pas de m'ennuyer, je le sais, et ça me fait rire. Ici, par exemple, je ne sais vraiment pas pourquoi je suis venu, puisque je savais que ce serait encore la même chose. Et même, que j'y trouverais Tomaso. Ça, c'est bien fatigant ; je ne l'aime guère.

— Il est en conversation galante avec la vieille Madone, dit Fabiano ; ils se ressemblent et sont, à eux deux, la peste de Venise. Personne ne voulait venir, mais tout le monde est là... c'est la vie ! Il rit et jette de l'eau au nez de Bragadin. — Tu n'avais pas fini de me parler d'elle et de ses deux chevaliers servants.

— Elle est intouchable, à son âge. Alors, elle les

oblige à faire l'amour devant elle, pendant qu'elle boit du lait d'ânesse ; il paraît qu'elle les fait fouetter au sang par son Africain, s'ils ne réussissent pas les figures les plus compliquées de l'Arétin. Voilà ! Et ils l'adorent, mon cher : ils se sont trouvé une maîtresse, comme on dit à Paris !

Sa main dans l'eau fraîche, l'odeur des collines, le ciel. Etait-ce bien ainsi ? Comment savoir. Bragadin suivit le regard de Fabiano :

— Qui t'a confié le petit Monselice ?

— J'ai besoin d'être libre, Bragadin. Libre tout à fait !

(Il savait qu'il fallait le sauver de son frère, et que personne ne le pourrait, peut-être, sauf lui. Il agita sa main, de petites vagues parcoururent la surface de l'eau et moururent tranquillement.)

— Que devient Saint-Sever ? demanda Nicolosia. C'était maintenant le soir. Les Albanais allaient et venaient, allumant les lampes, apportant des coussins et des boissons glacées. Que devient Saint-Sever avait demandé Nicolosia, mais personne ne savait. Si, elle, elle devait partir très loin, très longtemps, ils continueraient à se poser entre eux la même question : où est Nicolosia ? Que fait-elle ? Et peu à peu, ils s'habitueraient à ne plus la voir, ne plus l'entendre. Une petite mort. Que diraient-ils, s'ils parlaient d'elle, seraient-ils sensibles aux mêmes choses, aux mêmes souvenirs ?

— Nous ne nous connaissons pas vraiment, dit-elle à mi-voix. Et Laura la regarda comme si elle était folle.

— Si je mourais demain, que diriez-vous de moi ? demanda-t-elle. Et aussitôt, elle regretta sa question.

— Comment, que dirait-on de toi ? dit Laura, qu'est-ce que tu veux qu'on dise ? Ce n'est pas que...

— Oui, ce n'est jamais ce qu'on dit qui compte, dit Nicolosia. Ma question est stupide, naturellement.

— Je n'ai pas de lettres de Saint-Sever, dit Fabiano. Montovano, peut-être. Mais il ne m'a pas écrit à Pola.

(Ils se regardaient tous les trois, elle, Laura, Fabiano, ils ne se parlaient pas beaucoup, ils...)

— Sommes-nous déjà si vieux, si vieux ? murmura Nicolosia.

Elle les regardait, Laura, Fabiano. Elle pense à Saint-Sever. Leur amitié à tous trois était faite de beaucoup de choses qu'il n'était pas besoin de dire. Mais, Fabiano, elle ne le comprendrait jamais, parce que, sans doute, elle ne savait pas ce qu'il voulait ; elle avait envie de crier, de le secouer, de le battre, de crier : « Sois heureux ! vite, dépêche-toi, et fais que nous soyons heureux avec toi », comme une folle, oui comme une folle. Il ne bougeait pas, très beau et grave, avec un demi-sourire qui s'en allait mourir, très loin. Elle hausse les épaules, et s'éloigne.

Il tient la main de Laura Foscarini et la porte à ses lèvres. Quand, à l'entrée de l'hiver, une brume se traîne sur la lagune (comme se traînent, Laura, des souvenirs plus beaux encore d'être muets), et qu'une odeur salée reste sur les mains et les lèvres — ou quand l'été, les colonnades sont de la lointaine couleur de la lune et que le jour s'élève au-delà de San Giorgio Maggiore, il serait bon de descendre une à une, en souriant, les marches de la mer.

*

La lumière de la nuit jouait sur les robes de soie, et on avait pris les masques pour aller consulter l'oracle. Cela faisait, dans les collines, un étrange cortège disloqué par le chemin et le jeu des ombres, ponctué par les turbans comme par de grosses lampes d'albâtre. Les bêtes allaient au pas, dans les rocailles ; la nuit était infiniment pure, au-dessus d'un monde d'insectes et d'odeurs exaspérées. En tête, Tomaso et Elisabeta-Pia, dont rien ne semblait devoir venir à bout. (Vittorio avait commis un de ces hommes pour l'aider dans les difficultés du pèlerinage, mais elle se défendait d'avoir besoin d'autre chose que d'un public.) « Eh bien, venez-vous, les gamins ! » criait-elle à Salz et Portoli, dont les efforts ne parvenaient pas à faire hâter l'allure de leurs montures à la joie maligne des invités de Pedrassi.

— Elle va s'irriter de les voir toujours à la traîne, dit Bragadin en riant ; demain matin, la fessée ! Maintenant, la mer apparaissait, et les petites îles si nombreuses. L'oracle, ce n'était sans doute qu'un écho, au sommet de l'île, dans un cirque dessiné par deux falaises. Il y avait, au centre, une grande pierre dressée, blanche, contre laquelle il fallait s'adosser pour parler au dieu et en attendre la réponse.

— C'est, dit Bragadin, le moment d'apprendre si tu seras vainqueur.

— Cela, il n'y a que moi qui le sache, et je ne le confierai à personne ; secret d'Etat !

— Il faudrait un tribunal, qui décide de la question que chacun devra poser à l'oracle, déclara Tomaso : c'est à Notre Dame la Procuratrice que revient l'honneur de le présider... Et la vieille, juchée sur sa mule, flanquée de Tomaso et du vieux Barbieri comme assesseurs, avait l'air d'officier une cérémonie de sorcières sous la pleine lune.

— Ne m'en veuillez pas, Vittorio, l'avenir me fatigue et je préfère aller me baigner. Je pense que Domenico vient avec moi, dit-il encore : oui ? Eh bien, amusez-vous, Vittorio, amusez-vous. Ne vous inquiétez pas, nous rentrerons seuls.

— Ah ! si je pouvais, si je pouvais, dit Pedrassi, levant les bras dans la nuit.

— Elle fait peur, ricana Laura. Si un Espagnol passait par là, nous serions voués au bûcher !

— C'est, dit Tomaso, qu'il faut que la Présidente Procuratrice commence : ne transgressons pas les lois : quelle question doit poser à l'oracle Notre Dame Elisabeta-Pia ?

Il y eut des fous rires dans la nuit, mais la vieille, dont le fard brûlait d'une flamme morte sous la lune, fit un signe de la main, impérieux :

— Taisez-vous tous !

Elle conduisit sa mule devant la haute pierre, et son regard parcourut la ligne sombre des roches. Elle était seule au centre du cirque, immobile maintenant. Elle prononça, la voix coupante :

— Oracle, quel sera le jour de ma mort ?

— Il est minuit, soupira Bragadin. J'ai soif. Regarde ces imbéciles : ce sont les débris d'un cimetière !

Mais Fabiano avait disparu.

*

La mer nouait et dénouait ses phrases autour d'une longue roche noire. Elle nouait et défaisait avec une paresse infatigable des ruisseaux de branches aux floraisons rapides et peureuses. Elle s'élevait vers la nuit devenue très pâle qui buvait toute lumière. Le ciel n'existait plus. La longue pierre noire avançait vers la mer posée sur le sable. Tout paraissait immobile, comme un temps sans nul soleil, sans attente, et sans désir. Calme, comme une joie profonde, ou le désespoir. L'odeur amère des fleurs sauvages recouvrait leur corps abandonné. L'île immobile dans l'attente du soleil.

*

Du haut des roches, le chemin compliqué descendait vers la mer ; du sommet de la falaise, entre les roches et les arbustes de thym et de lavande, on voyait l'eau plate et luisante passer entre de grandes pierres noires, et venir lécher, à coups brillants, une courte plage de sable, pâle et calme. Les cailloux roulaient sous les pas des hommes. Ce n'était plus même un chemin, le chemin ne descendait pas vers la mer, mais il venait, à travers l'île, vers le port. Il fallait, pour gagner la plage de sable, et surtout la nuit, même par cette nuit très claire et qui allait bientôt finir, une grande prudence. A mesure qu'on descendait, on entendait le bruit rapide de l'eau sur les roches, et on apercevait la tache sombre, au bord de la tache pâle de la plage. Un peu de vent se levait, et peut-être avait-il balayé les étoiles au-delà de l'horizon. Les branches de fleurs s'accrochaient aux vêtements des hommes, à leurs mains dont la sueur encrassée de poussière se parfumait avec une violence sauvage. La mer avait pris, très loin, l'exacte couleur du ciel et c'était comme si elle se fût étendue à l'infini, recouvrant tout, isolant dans son éternité quelques hommes à la poursuite de la mort, entre les roches d'une île perdue. Et l'un d'eux glissa, ne s'accrocha qu'à des racines... La lune glissait du ciel dans la mer. Ceux qui étaient les premiers à descendre s'arrêtèrent un moment et, debout, contemplèrent la crique de sable dans les rochers ; une autre tache, un peu à l'écart ; une masse sombre posée sur le sable à l'extrême limite de l'eau. Le bruit mouillé de l'eau sur le sable. La lune se renverse, lentement. Aucun des deux corps ne bouge, et on voit à présent un bras tendu vers les vagues, dont le mouvement couvre et découvre le geste vide. A l'oreille du cadavre, la mer surprise murmure des sentences inutiles. Le bras est retourné, la main dans l'eau, la paume offerte mais le visage enfoncé dans le sable blanc, la bouche emplie de sable, et des cheveux blonds sur ce désordre de soie et d'os brisés.

Les torches éteintes, le vent tiède qui plaquait les robes. Les mules broutaient les chardons et de petites herbes sèches. Ils s'étaient retirés à quelques enjambées de la sente effondrée, frissonnant dans leurs habits légers.

— Il y a une justice, dit Nicolosia, quand je pense que ç'aurait pu être moi !

On jeta le corps de la mule à la mer, mais on mit beaucoup de temps à remonter le cadavre de la Procuratrice.

Salz pleurait sur l'épaule de Portoli ; quand ils furent tous revenus sur la falaise, il leur sembla que le jour se levait brusquement. On n'entendit plus que le souffle des hommes, et le piétinement des mulets dans les pierres.

*

— Le soleil ! murmura Fabiano.

Comme il se penchait pour lui sourire, il vit que ses yeux s'étaient fermés, et qu'il venait de s'endormir. Un peu de sel riait au coin de sa bouche. Ils étaient très loin de tout ; on n'entendait plus que les paroles de la mer.

soleil

Aussi, quand Laura Foscarini fut prévenue par l'abbé Montovano, vers la fin de la nuit, elle prit simplement un masque, jeta sur ses épaules un manteau de fourrure, et s'assit dans la barque sans un mot, sans comprendre, sans imaginer que cela fût possible, ni de quel visage la mort pouvait recouvrir le visage d'un jeune homme. Elle ne saurait jamais s'il faisait froid, ou terriblement humide cette nuit-là sur la lagune. Elle ne voyait que le rictus d'une pauvre vieille figure détruite par le temps, et que la vie avait brusquement précipitée d'une falaise un récent matin d'été. Cela, oui, c'était la mort. Le temps avait été parcouru, la vie se retirait, l'accident n'était que le moyen fortuit d'atteindre au terme attendu. Elle était enveloppée dans son manteau, sans bouger, sur ce simulacre de fleuve ou de mer qui porte Venise. L'eau dégouttait de la rame de bois. La Giudecca était déserte, et il n'y avait qu'une gondole — à gauche, vers la Salute —, dont la petite lampe dansait lentement dans le silence. Peut-être qu'il faisait très doux, comme ces matins qu'ils revenaient de la mer, et qu'elle devinait l'odeur du sel dans ses cheveux, et qu'ils ne parlaient pas. Elle ne comprenait pas comment son visage avait pu tout à coup se fermer et mourir, et refuser ces mots qu'ils pourraient, maintenant, se dire l'un à l'autre; il le fallait, il fallait qu'ils se répondent pour répondre à la menace du temps. Elle voyait avancer ce vieux cadavre cassé sur la mule; c'était la mort, le temps de la mort était survenu, sans cri — la vieille Elisabeta-Pia n'avait pas même crié quand sa bête l'avait entraînée dans le vide. Mais lui, il devait se défendre de ce silence, elle le ferait parler, elle allait l'aider à attendre le jour, et ils reviendraient ensemble, elle prendrait sa tête sur ses genoux et il n'y aurait pas sur ses lèvres d'autre goût que le goût de sel et jamais l'immobile vent triste de la mort... L'eau dégouttait de la rame de bois noir. Elle refusait que lui échappe ce qui ne lui appartenait pas, ce qu'elle n'avait pas su retenir. Nous méprisons trop le temps, nous méprisons le temps et déjà tout est détruit. Ce n'était pas vrai, elle avait mal compris, cet imbécile n'a pas su lui dire... La chemise blanche de l'homme bougeait devant elle, et elle entendait l'eau sombre rire en échappant à la rame, et la ville dormait. Un mot, un seul mot, qu'il ait encore à lui dire, et tout sera peut-être sauvé — mais elle savait aussi qu'elle ne le verrait plus, et qu'il était trop tard pour que ce qui n'avait pas été puisse être, pour l'un comme l'autre, et (autrefois, par jeu, par jeu pensait-elle, ils avaient rusé avec la vie, ils avaient évité d'être heureux pour imaginer qu'ils pourraient l'être) sa vie lui parut marquée au signe d'une sinistre infamie : avoir eu peur d'être heureuse. On ne remonte pas le cours du temps, sinon par le mensonge doux-amer de la mémoire. L'odeur fade de l'eau plate du canal et le relent de goudron frais de la barque. Pourtant, il faudrait ; il suffirait, puisque cela avait été, et c'était et ce serait si simple : qu'il soit près d'elle et la vie recommence ! Hier, la vie à prendre, et qu'en avaient-ils fait ? Hier, rien ne paraissait devoir finir. Sa main se levait vers son visage, il ne disait rien, mais il levait la main vers son visage et c'était déjà trop tard, elle revivait ce moment, perdu hier comme les gestes d'un rêve que le dormeur n'achève jamais ; et le temps maintenant s'empare de lui, et d'elle, et les rejette sur des rives infinies, sans qu'il leur soit possible de se rejoindre. *Vite ! vite !* dit-elle. Comme c'était ridicule ! La rive approchait, chargée de maisons basses, et le temps reculait, abandonnant les débris de quoi : l'amitié, l'amour, la jeunesse dont elle avait cru être riche ?... Les petits instants de contemplation dérisoire ! Etait-ce possible qu'ils aient pu croire à la survie des heures calmes et tièdes, quand le vent agite les feuillages argentés des rives de la Brenta, ou fait danser les flammes dans les salons quand on écoute le dernier concerto de Vienne ou de Prague, ou que la mer se roule comme un chat sur le sable avec des vagues plus pâles que la lune, ou que le désir mêle et déroule les corps comme des phrases sans raison... S'ils s'étaient aimés, vraiment, les petits morceaux de bonheur seraient-ils sauvés aujourd'hui ? Que tout est vide de sens ! Nous n'avons jamais cru, ni l'un ni l'autre, à l'amour ; toi parce que tu rêvais, et moi... Moi, peut-être, je pensais que je rêvais. Le choc de la barque contre la marche de pierre, le bruit de l'eau ; il jeta la rame dans le fond. Elle s'appuya sur son bras pour passer à quai. C'était donc chez l'abbé — et alors elle se souvint qu'hier elle lui proposait d'habiter au palais, et elle se demanda si elle lui avait proposé cela pour... Mais ça non plus n'était d'aucune importance. La porte était ouverte et le parfum des flambeaux de cire hésitait au bord de la nuit ; et c'était déjà le jour, à l'orient, blanc et vide. Dieux, murmura-t-elle, et tout son corps fut pris d'une espèce de tremblement irrépressible ; elle ne comprenait pas, de Saint-Sever et de Montovano, lequel vivait encore et regardait l'autre mourir. La fenêtre, le matin. Mais non, tout était simple. Elle s'avança dans la chambre. Elle avança lentement vers Saint-Sever, c'était comme s'ils eussent été seuls, ils avaient tant de choses à se dire et le temps presse — elle est tellement incapable de penser, les jours de départ, quand il faut se quitter (et elle leva la main, mais peut-être très longtemps après elle sut qu'elle ne pourrait pas achever ce geste qui répare). Pour la première fois, elle le voyait dormir. Un peu d'air faisait trembler les lampes et les ombres ; il y avait, sur ce visage, tour à tour trop de douceur et trop de sécheresse, trop de promesses, et trop de refus... Quelle part ai-je dans tout cela ? Nous étions si semblables, c'est vrai, et tellement séparés. Non, nous n'avons pas manqué de courage, nous savions que nous ne pouvions rien l'un pour l'autre. « Et c'est pour lui que tu es revenu ! dit-elle à mi-voix, c'est pour lui. »

L'abbé lui parlait. L'arbre commençait d'apparaître dans le petit jour, par la fenêtre. La mort n'a pas toujours un visage de vieille femme usée, mais parfois le beau visage de ce que nous avons aimé par-dessus tout, et sous les traits figés de Saint-Sever elle devinait l'amour avec la mort, dans une éternelle solitude — la vie et la mort, comme notre main gauche et notre main droite.

Oui, Montovano lui parlait. Elle s'aperçut qu'il y avait des traces de pleurs sur la figure de l'abbé. Alors, elle remit son masque. A ce moment, elle pensait à Fabiano, mais peut-être qu'il était mort lui aussi ; et même Laura Foscarini, oui, elle, Laura, mais elle ne le savait pas encore.

Toute la flotte de guerre de Venise, selon le vent du Nord descendant au soleil, ouvrant dans le champ de la mer le chemin étroit d'un effort pour atteindre à ce moment du temps qui mesure tous les chemins, la rencontre avec la mort. Selon le vent, selon la cadence des bancs de rameurs des galères, le chemin perdu à mesure qu'on avance. Tout est effort pour atteindre à ce néant — et quelle mémoire se sauvera du temps ? C'était au départ de Pola, dans le matin encore à venir, le chant des vagues et des cordages, les gémissements aigres du bois, l'affairement des hommes, et au cœur la musique de la nuit, le petit concert qu'Allessandro avait exprès organisé et dirigé pour lui, Fabiano, pour eux, et surtout ce concerto, surtout le mouvement lent, deux fois, trois fois donné, qu'ils avaient tant aimé. C'était comme un adieu, et sous le fil tendu à se rompre par le soliste, l'étendue mouvante de l'orchestre, portant, emportant cet adieu ; et ce flot montait en lui (près d'eux, toujours il y avait eu la mer, il y avait la mer), tel un élan, un bonheur d'une tristesse exaspérée, pour la première fois dans sa vie, un bonheur sans limites et déjà condamné et que nulle réponse ne sauve. Mais de qui attendre réponse ? La mort allait à leur rencontre sur la mer, c'était peut-être le seul bonheur. Mouvement calme des vagues entendu dans l'ombre du ciel d'été, mouvement creusant le chemin liquide aussitôt effacé sous la clarté des voiles immenses et les échelles tendues contre le ciel, et ne menant à rien qu'à plus tôt apercevoir un geste absurde du sort : écueils ou vaisseaux hostiles ; et c'est à toi de déchiffrer les signes !

Pense à tous les signes que la *chance* a inscrits en marge de la vie, en marge de tes désirs — jamais tu n'as su les refuser ! La chance retournait les pièces d'or qu'il jetait en l'air et le couvrait d'honneurs et de fortune. Il n'avait jamais rien fait qu'en sourire, discrète politesse à l'égard d'un dieu irritant dont les gestes précédaient les siens, comme le carnaval prend le pas sur les affaires du monde. La guerre gagnée ne serait qu'une fête dans la fête ; la guerre perdue, qui osera distraire la République de son plaisir ? Le vent est bon ; pour ne pas rompre l'ordre de marche, il fait rentrer les rames et la sueur s'apaise sur les reins des hommes enchaînés. Le superbe navire demeure un instant suspendu au bord de son élan, et reprend dans un lent bruissement d'eaux déchirées la descente vers les îles. L'effort des voiles déplace la nuit pâle, l'escadre se resserre. Tu pensais à dormir, dormir une fois encore. Les jours du passé se pressent autour de toi et il n'en reste rien que ces éclats cassés sur la mer et dispersés. Accoudé, au-dessus du pont, mais le regard gêné par la forêt de voile où tonnent les élans du vent. De tous ces hommes, de toutes ces craintes et des efforts que tu dois rassembler, des heures décisives qui t'appartiennent, que faire ? Tu regardais sans voir. Ce qui passait, ce qui venait avec le vent jusqu'à toi dans ce fracas de cordes raidies et de toile gonflée — et la mâture ne cesse plus de gémir, ni l'étrave de sonner dans la mer à coups sourds et le navire se lève et tombe très régulier dans le champ mouvant de la mer —, vainqueur de ce bruit et du cri des mouettes dépliées au ras des vagues, vainqueur des ordres criés sur les ponts et qui se répondent dans les haubans, ce n'était rien que le chant si mince du hautbois, cette nuit, hier déjà, fil ténu, une émotion, pauvre joie à peine retenue. Tous, après, voulurent danser avec les dames de Pola et, pourtant, ce chant ne s'effaçait pas. Le feu des flambeaux et des lampes éclatait par les fenêtres des deux étages du palais et on entendait rire et danser : la dernière des nuits de plaisir. Ici encore, c'était Venise. « Nous allons à la mort comme à la messe, ou au lit, avec ou sans une maîtresse, avait-il dit à Allessandro ; quand on en arrive à une telle indifférence, c'est qu'on n'a même plus envie, vraiment, de vivre. »

— Mais qui a envie de mourir, à Venise ? dit Allessandro.

— Personne n'a envie de rien ; ils s'amusent, c'est tout. Et tu le sais. Si tu ne le savais pas, tu n'écrirais pas cette musique. Tu espères encore, mais comme ton espérance est mélancolique ! Ils ont même oublié la mort, à force de masques. On se cache pour mourir.

— Cela, c'est bien, non ?

— Oui. Mais, à soi, on ne doit pas se cacher la vérité.

— Moi, je ne me cache rien, dit Allessandro après un bref silence. Tu seras vainqueur, sans, peut-être, que je le sache jamais.

— On n'est jamais longtemps vainqueur.

Ce qui compte, c'est l'instant qui passe. C'est ce qu'on en fait qui peut nous sauver. Mais on n'est pas toujours libre de sa mort — la vie sournoise nous embarrasse, et nous retient. Les mains collent à la rampe de bois de l'escalier ; tout est salé, poisseux. Le sel sur la bouche. Mais enfin, le vent ! Dominant les ponts, sous les grands arbres aux toiles emplies du souffle profond du vent, dominant tout le navire étroit tu peux voir, au-delà des balustres dorés de la poupe, l'escadre surgir de l'aube, ses lanternes allumées. Ses vigies qui se répondent... Sur le pont, amiral mieux que dans ta chambre trop encombrée, trop décorée. Il faut attendre encore pour ordonner une meilleure formation de combat. Dormir. Après le conseil, il irait dormir trois heures. Une odeur mouillée de sel et de goudron, et par moments, entre les élans du vent, le goût âcre de sueur et d'urine montant des bancs des rameurs. Les ordres qui claquent et la curieuse musique des agrès — la danse va changer : injuste vie ! Le vieux Borsi doit être tourmenté dans sa tombe de manquer une si belle fin. Fabiano sifflote, et se dit : « Je deviens peuple, c'est bon signe (il n'y en a plus pour longtemps). Voilà la mer. Voilà tes navires. »

Les premières couleurs du ciel, au-delà des îles, au-dessus des montagnes sombres, les forêts dont sont nées les escadres de Venise. On lui apporte une tasse de chocolat brûlant, et un minuscule verre d'eau. Il avait peur, s'il ne mangeait pas assez, d'avoir de ces affreuses nausées qu'on ne peut plus arrêter avant de remettre pied à terre. Il en fit donner à Bragadin, qui était bien pâle (mais c'était peut-être le manque de sommeil) et dit : « Nous ferions de bons amiraux de cavalerie ; tout de même, je sais nager, mais toi ? » Le chocolat était merveilleux, et venu à ce moment précis d'indécision, quand on a envie de quelque chose, mais d'une chose qu'on ignore encore. Bragadin sourit : « C'est comme cela qu'arrive le bonheur. » — Et quand il nous quitte ? demanda Fabiano. Maintenant le jour, très vite ; derrière eux, devant eux, déjà, si proche, la petite île sauvage où il avait accepté Domenico, et lui avait accordé de venir avec lui, de venir risquer sa vie avant de l'avoir gâchée — et il le savait, ce n'était pas la fatigue, les tâches du commandement qui le faisaient tourner en rond sans parvenir à dormir, mais ce remords, car on accepte de commander des hommes qui vont peut-être mourir mais, pour une vie offerte, ce don terrible, c'est soi qu'on juge ; et ce don, comment peut-on jamais se croire digne de le recevoir ?

Alors il pensa à Saint-Sever.

Comme le temps va vite, devançant nos raisons si faibles ! Sommes-nous plus forts de nous attacher, ou de nous séparer ?

(Dormir ! Le vent qui saoule et remue le navire, et la surface grise de la mer...) Saint-Sever eût-il été à Venise, rien n'aurait pu l'empêcher d'embarquer, rêveur, fou, toujours prêt à tout perdre.

— Ce qui comptait, pour lui, dit Fabiano, ce sont des choses essentielles. Celles qu'on n'est jamais assuré de posséder. Il a toujours préféré être malheureux en sachant pourquoi, plutôt qu'être heureux sans raison.

— On n'a jamais raison d'être malheureux.

— C'est que tu ne crois à rien.

— Si, au bonheur qu'il faut se donner ! Bragadin sourit encore et il ajouta : « Ce n'est pas de croire qui est important, c'est d'être heureux. » Fabiano hocha la tête. Une brume d'été effaçait le dessin des îles. La flotte gagna un peu sur le large. Il se demandait, inutilement, où était l'escadre ottomane, et de quelle force exacte elle pouvait être... Il cherchait quel avantage il pourrait mettre à profit. La surprise ? C'était improbable. Manœuvrer ? Tout dépendait des circonstances de la rencontre, du vent, de la qualité de ses équipages (ce n'était pas là le moins inquiétant). La mer indifférente portait tous ces arbres morts dont on avait fait des navires, elle portait tous ces hommes les uns vers les autres comme le fleuve de la mort aux rives invisibles — et tout se détache de toi, avec la lenteur pétrifiante des rêves.

— Je croirais plutôt que ce qui est important, c'est le bonheur qu'on donne, répondit doucement Fabiano, accoudé sur l'une des pièces de poupe ; le métal luisait du même éclat mouillé que la mer, humide, froid. Il caressa longuement le canon, comme il eût caressé son chien. « On ne confie, on n'offre sa vie qu'à ce qui nous détruit ; les dieux ou Dieu, quand on y croyait encore ; la guerre ; la politique... Toujours nous manque une part de nous-même ; vouloir le bonheur, c'est créer ce qui nous manque, et ce besoin est une passion qui nous dévore. »

— Etre passionné est un jeu, et j'aime à y jouer. Ta bataille me passionne.

— Je le sais. Mais tu te trompes, Bragadin ; c'est jouer qui te passionne. Comme beaucoup d'entre nous. Et, Dieu merci, toute passion est dangereuse ; c'est le sel de l'inutilité.

— Pourquoi : Dieu merci ?

— Parce qu'il faut se prendre un peu au jeu qu'on joue ; ce qui est acquis par avance est sans intérêt, non ? C'est ce qu'on met en question qui compte. « Ma bataille » (mais pourquoi « *ma* bataille » ?) te passionne dans la mesure où tu risques de perdre. Peu importe ce que tu y gagnes, l'essentiel est de ne pas tricher.

— Eh bien, répondit-il en riant, je ne sais si tu as envie de gagner, mais j'espère que tu feras tout pour ne pas perdre la partie ! Sois heureux, capitaine, et tu auras joué notre meilleure carte ; tu as toujours tout réussi, peut-être seras-tu vainqueur sans qu'on tire un coup de canon...

— C'est parce que tout m'a toujours été favorable que j'ai envie de tricher, et ton idée me paraît séduisante.

— Quelle idée ?

— Ne pas tirer un coup de canon... Viens, il est temps de tenir conseil ; après, on pourra dormir un peu.

— Mais tu devrais porter ta marque sur un navire de ligne, ces galères sentent trop mauvais, ces galères puent — ah ! les jardins embaumés de Pola...

L'odeur des galères ! Bragadin l'amusait, qui était aussi d'une désinvolture de téméraire — il se souvenait de ce combat de sauvages dans les montagnes croates.

Aujourd'hui, le soleil se levait sur les voiles éclatantes, et c'était à lui, Fabiano, d'ordonner le dessin sur la mer de cette constellation de navires. Mais l'idée folle qui lui était venue, même si elle séduisait Bragadin et ceux qui avaient tenu, par amitié, à l'accompagner, la ferait-il admettre par ses capitaines ? Il donna l'ordre de détacher une galère de course pour éclairer l'escadre et de rassembler son état-major dans l'autre chambre du château, à côté de son logement. Les exploits extravagants ne manquaient pas à la chronique des flottes vénitiennes, mais qui était-il pour imposer de prendre ce risque ? Pour imposer de *tricher* avec les règles. Il passa une main sur son visage non rasé, fit appeler le barbier et entra dans sa chambre. Il ouvrit lui-même le lourd volet de bois et le bruit de la mer entra avec la lumière bleue du matin. Sur l'un des lits, Domenico dormait, à demi découvert. Fabiano laissa glisser son manteau. L'odeur vive du vent se mêlait au parfum du cuir, au goût de la cire. L'odeur fade des armes déposées partout en vrac recula. (Le réveiller et lui dire ; voilà ce qui est peut-être ta dernière journée...) Il se décoiffa, s'assit au bord du lit sans que bouge le garçon... Comme ils étaient loin de tout ! Irréelle la marche du temps. Comme tout était calme ! Il avait tout accepté. Le destin se jouait de lui, il n'était plus libre (est-on jamais assez libre, libre ! et il enfouit son visage dans ses mains et il pensa qu'on pouvait être malheureux de bonheur), il lui appartenait d'agir — ne serait-ce finalement que pour repousser un peu le moment de tout remettre en question, et n'engager alors que lui, seul. La lumière quand il releva son visage posa son ombre sur l'épaule nue de Domenico. Vers qui, vers quoi l'approchait cette nage silencieuse ? C'est ta jeunesse qui dort. C'est ce moment dépassé de ta vie (que tu ne retrouveras pas), quand le temps n'existait pas encore. Il était là, devant lui, près de lui (comme on aime que soit son amour dans un sommeil si pur qu'on puisse être sûr qu'il n'appartient qu'à soi, et dont il ne peut revenir que pour revenir à nous, vague après vague, sur une plage d'où le temps se serait enfui). Jamais il n'avait regardé dormir Simonetta, ni même Laura ; il était de ceux qui ne disent jamais qu'ils sont épris d'amour pour habiller le plaisir, ou qui épient dans le plaisir le visage violé de l'amour. Je cesse d'être et tu demeures. Tu es l'enfant que j'aimerais, et celui dont je ne veux pas. — Toute la vie était à prendre, et rien que la vie. Il se leva, acheva de se déshabiller pour sa toilette ; le barbier attendait : il l'envoya demander du café. (« Vous aimez le café ? alors, vous êtes un homme de cœur », lui dit une fille dans une auberge de Rome. Après avoir couché, elle lui demanda de l'argent, naturellement.) Oui, il aimait le café, mais il se méfiait de son cœur ; ce n'est pas à Venise la bonne carte pour être heureux... Domenico dormait toujours. C'est une paix que tu ne connais plus (des regrets au moins, sinon des remords, ce qui est un peu théâtral). — Tout est théâtre, maintenant, n'est-il pas vrai ? dit Fabiano à Bragadin qui revenait avec le barbier, du café et des fruits. Nous voilà sur le théâtre de la guerre, pour défendre ce vieux théâtre de plaisir où sont nos amis, nos courtisanes, nos tapis, nos tableaux — j'ai oublié d'emporter mon petit Giorgione, le jeune homme qu'on voit trois fois, dans une glace, une source et son armure —, et tout ce petit peuple qui travaille et qui chante et vaut bien une bataille ! Ah, je donnerais cent ducats pour être à Sacile, à la foire aux oiseaux ! Sais-tu bien siffler, Bragadin ?

— Tu te souviens de la petite de Santa Catarina : c'est elle qui m'apprenait, après l'amour. C'était très bien à Santa Catarina. Toutes les novices sifflaient merveilleusement. — Ce n'était plus un couvent, c'était la Sagra ! Mieux encore qu'à Sacile...

— Oui, c'était tout à fait charmant.

— Ah, notre chimère l'Eglise, on est bien ingrat pour elle ! Bragadin sourit, et s'approcha du lit.

— *Laisse-le dormir,* dit Fabiano.

— Par saint Georges, qu'il est beau ! dit-il. Il but du café et sortit. La mer étincelait, et le vent était plein d'odeurs de la terre.

*

Une grande lumière pâle envahit la nuit, et les oiseaux se remirent à chanter. C'était l'heure où l'on se couche. Le gondolier l'attendait — dormant les bras repliés sous la nuque, à l'abri d'une couverture, dans sa barque. Le valet de chambre de l'abbé le réveilla, aida Laura Foscarini à passer à bord, et s'en retourna. Elle s'assit, le visage entre les mains. Elle était presque nue sous son manteau. Le garçon lui demanda deux fois où il devait la mener. « Je ne sais pas », dit-elle. Il guida la barque le long du canal, étroit et désert. La nuit s'éclaire. Tout retrouve une couleur, un visage, mais il n'y a plus d'ombre, les pans de murs du quartier populeux montent comme du fond des eaux, et les dômes, les campaniles comme d'un autre sommeil. Seuls, le bruit de la rame, et les cent mille cris enchevêtrés des oiseaux. Il est là devant elle, et tout recommence.

La figure perdue sous le masque noir ; et les mains cachent sa bouche. Elle doit être assez belle, et jeune encore. Elle n'a donc plus d'amant — à cette heure, son amant l'accompagnerait chez son mari. De nobles dames, à l'aube on en trouve sur les canaux, mais rarement seules ! Peut-être qu'elle n'a plus d'amant, et pas de mari. Une femme qui ne sait où aller, le diable la mène ! Elle pense à ses malheurs. Elle est trop noble pour être malheureuse ; elle doit s'être disputée ; elle s'ennuie. Sans vêtement sous le manteau, à cette heure dehors... Peut-être qu'il a bien fait d'attendre. Il devrait... La Giudecca s'étale, grise et les Zattere sont encombrées de navires marchands, et ce n'est sûrement pas par là qu'elle va. Il pousse doucement la barque et ça lui tient chaud, ce mouvement, juste ce qu'il faut pour bien profiter de la fraîcheur du petit jour. Il aime ce bonheur de son corps ; c'est un bonheur simple, mais c'est beaucoup. Sa jambe nue, quand elle est montée dans la barque, il l'a vue, oui. Si tu n'es pas un imbécile, tu ne pousseras pas ta perche dans la vase jusqu'à midi. Il s'arrête, resserre sa ceinture rouge, sourit, mais elle ne voit rien.

Que son corps maintenant immobile, étranger, habité par une force obscure dont elle a peur — peur parce qu'elle n'a rien pour s'en défendre, qu'elle est soudain affreusement désarmée. Son corps à côté d'elle. Un masque sous son masque s'inscrit, plus vrai chaque jour. Une odeur d'eau morte et de pourriture remuée, autour des navires à l'ancre. Déchets et poissons crevés, et des épluchures multicolores — elle leva les yeux, un ciel fragile s'était étendu sur Venise et un jeune homme qui avait l'air d'être heureux la regardait,

(C'était lui qui l'avait voulu, exigé même — pourquoi penser encore à ce serment qu'il leur avait imposé... et qu'elle avait respecté. Il y a des chaînes qu'on peut aimer... Ils s'étaient retirés tous trois dans l'un des petits salons, à la fin d'une soirée. Saint-Sever l'avait prévenue sans rien lui dire que : « Fabiano désire que nous nous engagions sur l'honneur tous les trois, aujourd'hui et pour toujours. »

— Nous engager ?

Il était très tranquille, il était appuyé sur l'épaule de Fabiano et souriait. C'est lui qui souriait. Elle s'était troublée.

— Quoi qu'il advienne, Laura, il y a un mot qui ne devra jamais être dit entre nous trois.

Elle ne comprenait pas...

— Surtout ne cherche pas à deviner, tu vas tout compliquer, dit Fabiano. Il lui avait pris et embrassé la main et il la serrait à lui faire mal.

— Qu'il ne soit jamais parlé d'amour entre nous. Ce serait nous perdre. Il ne faut pas !

Ils lui tenaient chacun une main, elle voyait leur visage penché sur elle, leur regard était dur, et elle cherchait vite, très vite la clé du jeu, mais ses mains lui faisaient mal, et ils serraient comme des brutes ; elle cria.

— Jure ! dit Fabiano.

— Allons, jure.

Elle jura. Ils souriaient tous les deux.)

se demandant, qu'est-ce qu'elle attend, qu'est-ce qu'elle veut vraiment à cette heure à se faire emmener là ou ailleurs sans rien dire — sans rien dire, bon, mais si c'est pour oublier ses ennuis, pour se distraire, une femme comme ça n'a tout de même pas besoin de moi ; après tout pourquoi pas ? C'est moi qui le dis mais avec les femmes — et les hommes, c'est pareil, il n'y a que la manière de faire — on ne sait jamais et même si elle ne te donnait pas d'argent, tu serais bien couillon de ne pas y aller et à force d'y penser maintenant, tu commences à en avoir envie et juste après le squero de San Biagio il y a un canal tranquille ; maintenant le soleil se lève. (Ressemblant peut-être parce qu'il est blond, de cette manière insolente d'être blond qui est parfois celle des Italiens du Nord, à cause peut-être du canal dont il a l'air de surgir, ressemblant un peu au petit musicien du prince de Saxe — mais bien des années ont passé depuis cette nuit, la nuit dans les jardins, la nuit qu'ils avaient partagée et elle comprit brusquement que tout ce qui avait été entre eux venait d'être détruit et que la mort maintenant était entre elle et Fabiano, la mort avec le visage de Saint-Sever — le petit musicien qu'on avait retrouvé à midi noyé dans les roseaux et les lys froissés de la Brenta après qu'ils l'eurent cherché pendant des heures, dans la villa, dans le parc, et le prince en était malade, il courait partout et répétait comme une pendule qui ne sait jouer qu'un air : « Il n'est pas parti, ce n'est pas possible, il est impossible qu'il soit parti, sans raison, sans rien me dire, c'est impossible », quand on aperçut la barque, pas très loin, mais vide et qu'on découvrit le corps un peu après, dans la boue remuée et les tiges brisées des fleurs et les ajoncs.) Il se pencha lentement vers Laura Foscarini...

— Le soleil, le soleil ! Madame, dit le jeune homme.

Elle répondit à son sourire. Son manteau s'était entrouvert, elle aurait aimé...

théâtre

Les boutiques de la Merceria étaient ouvertes, mais il y avait encore peu de gens à baguenauder, et sur les canaux, peu de barques particulières. Les péottes chargées de fruits et de poissons passaient lentement et quand les *ri* se croisaient, ou faisaient un coude, les bateliers lançaient un appel pour se prévenir. Sur la place Ducale, les tréteaux étaient déserts. Où donc aller flâner, si tôt, sinon peut-être à San Marco. Et Giuseppe Bigaglia, qui flânait, morose à son ordinaire, rencontra dans le passage de l'Horloge, Simonetta ; elle était en bautta et volto, mais Giuseppe n'était pas masqué. Elle prit son bras et ils entrèrent dans la bourdonnante obscurité de l'église.

— A force de ne pas me coucher, dit Giuseppe, je ne sais plus si le jour commence, ou si le jour finit. Agréable incertitude, car seul le doute nous est favorable ; ce qui est certain n'est jamais rassurant. De quoi veux-tu être sûre ?

— De rien, dit-elle.

— Femme heureuse ! Toutes les joies de la terre te seront peut-être refusées, mais tu l'ignores encore.

Au fond, une vingtaine de curieux regardaient les préparatifs de la messe. Il faisait sombre partout, et pourtant il y avait les petites flammes jaunes des cierges qui dansaient dans les courants d'air, comme dans une cave, humide et triste, très grande, et au milieu de laquelle on s'attend à voir couler les flots noirs et luisants du fleuve souterrain qui sépare les vivants et les morts.

— Regarde ces malheureux : crois-tu que s'ils étaient en possession de la moindre certitude, ils seraient si attentifs ? Le ressort du monde, c'est l'imprévu. Sinon, nous ne nous serions pas rencontrés à cette heure matinale !

— C'est que je ne dormais pas, dit Simonetta.

— Ne m'en veuille pas, mais se coucher et ne pas dormir n'est pas déshonorant, même quand on est courtisane et qu'on est deux à ne pas dormir, en conséquence. Pour moi, il m'arrive plus souvent de dormir sans me coucher : étrange équilibre de la vie !

— J'étais seule. C'est ça, l'imprévu.

— Eh bien, moi j'étais au palais Monselice. C'était presque aussi triste qu'ici. Mais j'y ai tout de même noté dans le fond encombré de ma mémoire quelques petites idées pour une comédie que je donnerai à Gozzi. On arrange un peu, mais ceux qui s'y trouvaient s'amusent bien, quand ils reconnaissent leurs amis. Ou ils en veulent à mort au pauvre écrivain : c'est infiniment drôle.

— Est-ce que vous avez fait des choses dont je rougirais ?

— Peut-être... mais comme je ne veux pas te voir rougir dans cette enceinte sacrée, je ne te les raconterai pas.

Ils marchaient en riant, dans la lumière verte qui sentait la cire et l'encens. Un noble en tabarro comptait les pièces d'or qu'il sortait de sa bourse

— Tu es insupportable, dit Simonetta, et puis, on ne

voit pas clair, tu ne sauras pas si je suis confuse — pour les donner à un vieux sourd en manteau noir.

— C'est bien cher, criait le noble, c'est bien cher.

— Vous ne trouverez nulle part de gravures aussi surprenantes, répondait le manteau ; j'en ai procuré cette semaine deux exemplaires à son Excellence l'Ambassadeur de Russie ; c'est le dernier que je possède.

— Vous voulez dire que je suis le dernier que vous avez possédé, gloussa le noble.

La petite messe commençait ; il y avait de la musique, deux novices qui chantaient avec une viole et des violons. Giuseppe bâilla avec découragement, et se plaignit :

— Trop de bruit à Venise pour qu'on puisse jamais dormir. Et puis, je n'en ai pas le temps ! On me prend mon temps, on me dérobe mon sommeil, on me gâche ma paresse ! On ne me laisse plus rêver ; et comment veut-on que je vive sans rêver ? Sacrée époque, sacrée ville, sacré argent. Si j'avais autant d'heures pour ma paresse que mes maigres jambes sont longues, peut-être qu'un jour je serais heureux. Mais non. On me prend, on m'assiège, on me tire de-ci, de-là.

(Le noble en tabarro, qui prisait du tabac, fit un sourire marqué à Simonetta ; il s'en allait, avec, lui aussi, un paquet sous le bras ; le manteau avait disparu.)

— Ah ! si j'avais le loisir, et que ma tête ne soit pas balayée par tant de courants d'air, ni emplie par tous ces piaillements !

— Mon pauvre Giuseppe, si j'étais riche...

— Veux-tu te taire ! tu serais comme eux. Hé ! regarde donc : le Vizio en galante compagnie ; par les dents du dragon de saint Georges, sa main, loin de s'égarer, précise de tendres attentions. Non, ne regarde pas, mon enfant. N'empêche, la messe est bien gardée, dit-il en ricanant.

— Je la connais, dit Simonetta, c'est une fille qui habite près de l'Angelo. Elle n'a point de vergogne de se laisser tripoter par ce flic !

Les violons se turent, et le prêtre s'affaira autour de l'autel en marmonnant. Quelques-uns, qui écoutaient la musique, reprirent leur conversation. Giuseppe et Simonetta remontèrent la nef vers le baptistère. Dans l'éclairage trouble, les silhouettes masquées allaient et venaient doucement en bavardant. Il crut entendre une voix familière. Mais qui ? C'était une voix de femme. La basilique était plus animée maintenant, mais on n'y voyait pas davantage.

— Quand te maries-tu, Giuseppe ?

— Je ne sais pas. Les Turcs seront peut-être à Venise avant que j'aie pu y songer comme il faut. J'ai trop envie de dormir. Je suis parti de chez moi depuis hier, deux heures avant le coucher du soleil, et ma femme m'attend, non pour aller à vêpres, mais pour éplucher la salade. Comme l'abbé Testa, avec moins de philosophie ; en tout cas, avec une philosophie d'une tout autre nature et cette chère femme a dû tromper son attente en traduisant quelques épigrammes de Martial. Peut-être aussi a-t-elle absolument oublié que je suis quelque part. Ah ! merveilleuse incertitude... Sais-je où je suis ? et si je ne rêve pas ? De tous ces canaux qui nous entourent, n'y en a-t-il aucun qui soit l'Achéron ?

De petites sonnettes se mirent à tintinnabuler du côté de l'autel, dans un épais nuage d'encens, et tout le monde se tut, dans le chœur, et le prêtre consacra son pain et son vin, et par les portes on entendait les chansons et les rires de ceux qui passaient sur la place et s'arrêtaient un instant sous le portail pour regarder ce qui se passait dans l'église, ou s'adossaient à un pilier, car ils devaient rencontrer un ami, ou une dame, ou un marchand de livres interdits ; on vit arriver l'abbé Balbino avec une dame masquée, quand les musiciens remplirent de nouveau le grand vaisseau de marbre triste de chants rituels, maintenant triomphants, superbes dans cette ombre comme le soleil dans une forêt.

Quelqu'un dit à haute voix :

— Voilà l'abbé Balbino avec sa catin.

— Laquelle ? répondit un masque ; il y eut des rires et des plaisanteries et personne n'accorda d'attention à un grincheux qui parlait de scandale. Des étrangers écoutaient et regardaient en riant. Sous l'Histoire de Joseph, Maria-Pia enfouie sous sa bautta se faisait caresser par un inconnu, qui s'offrait mieux que Putiphar car il ne prit pas la fuite ; au contraire, il la pressait vivement,

— Pour vous prouver, disait-il, que je suis un homme, et me prouver que vous êtes une femme,

à dix pas de Giuseppe qu'elle aperçut, mais qui ne pouvait la reconnaître.

— A moins, disait l'homme, que vous n'ayez eu trop de plaisirs cette nuit, car on s'amuse fort là où vous étiez, où vous m'avez dit que vous étiez, et j'en suis un peu jaloux, oui, à moins que vous me racontiez, que vous me fassiez votre confident et vous seriez alors pardonnée, et cela me plairait énormément de savoir... Elle le sentait près de s'emparer d'elle, debout contre le mur, et devenait un peu folle, s'affolant, oui, de cette brûlure qui ne faisait que la chercher, l'effleurer et l'exaspérait sans... sans qu'elle devine, ni qu'elle sache si elle devait — mais Maria-Pia se noyait sans remords au bord du plaisir. C'est une sacrée catin, pensait-il, mais elle ne dit pas tout, il y a ce qu'elle ne veut pas dire — alors il se retira le plus qu'il pouvait sans rompre (au bord des lèvres, ricanait-il, mouchardage et plaisir). Mais elle le repoussa brusquement, rabattit sa robe d'un geste sec et sortit avant qu'il ait eu le temps de comprendre, voleur volé et furieux de n'avoir pas su la faire parler. Après s'être rajusté, il tourna encore quelque temps dans l'église et aussi sur la place, mais sans rien apprendre de plus (pourtant quelle chance lui souriait tout à l'heure, dont il n'avait pas profité !) et il prit le chemin de son logis pour y rédiger un billet ; il saurait bien y mettre deux ou trois petites choses dont il n'est jamais inopportun de faire état.

— Je pense à Fabiano, murmura Simonetta ; il se moque de tout, et il gagne toujours. Pourtant, j'ai peur, cette fois. Comment gagne-t-on une bataille, Giuseppe ?

— On commet dès l'abord une petite sottise, qui conduit l'ennemi à en commettre une plus grosse. Et ainsi de suite, jusqu'à ce que celui qui a fait le plus de sottises s'en retourne chez soi.

Il se mouche bruyamment.

— Tu le regrettes, n'est-ce pas ?

— Ce n'est pas de moi que je parle.

— C'est bien, sotte, ce que j'ai entendu. Une femme aime les petits déboires d'un homme, surtout s'il est beau, ça lui permet d'exister, de jouer son petit rôle. Tout est théâtre : l'amour, la messe, la guerre, la mort et la politique. Un rôle pour tout le monde, mais la comédie est bien sinistre. Enfin ! la moitié de Venise est folle de lui et toi aussi, et je ne vois pas comment tu pourrais y échapper.

Elle sourit (écoutant au hasard les conversations).

— Venez donc à la Giudecca, chez Barbarigo, son

casino est charmant, il y a aussi un jardin, c'est très bien ; voulez-vous ce soir ? je vous emmène, mon cher...

— Je ne pourrai pas s'il y a Conseil.

— Conseil ! On ne respecte même plus le plaisir ; ce sera quand vous voudrez...

— Il serait arrivé des nouvelles de la guerre, dit Simonetta.

— Oui, je sais, mais on ne sait rien.

Ceux qui étaient venus pour la messe s'en allaient. Personne ne savait donc vraiment rien ? Quand ils sortirent sur la place Ducale, la lumière était très belle. Elle aimait Venise le matin, toute fraîche surgie de la mer, quand un voile de brume paressait encore devant San Giorgio Maggiore ; elle aimait bien sa ville, si différente aux premières heures du soleil ; quand le peuple l'éveillait et que l'odeur du pain chaud montait des cours et des ruelles — et souvent, quand Fabiano dormait chez elle, ils se levaient tôt tous les deux pour aller, après le Rialto, voir à l'Erberia l'arrivée des barques de fleurs et de légumes, qui venaient des îles, en croquant les petits pains frais au sésame, avec des fruits ; c'était ainsi ; il n'aimait pas beaucoup dormir chez lui, où on ne le trouvait jamais. L'été, ils allaient se baigner à la Punta, dans la mer ; il n'y avait personne, la longue ligne pâle du sable était vide, il n'y avait qu'eux et les deux bateliers, et elle aimait le noir éclat de la gondole, tellement étrange contre le sable et la mer pâles, et le ciel blanc et gris. C'était très beau ; parfois, quand elle s'endormait, elle pensait à la Punta, au silence, au silence de la lumière du matin, à la mer grise et à cette joie calme pour toujours.

*

La brume tremblait sur la mer. Le vent, sans beaucoup de force, poussait lentement l'escadre, toutes les galères massées vers le large, à tribord, et couvertes par la ligne d'attaque des navires de ligne. Sous le vent, entre la terre et l'île, dans l'écharpe de brume, les vaisseaux turcs débouquaient la passe, malaisément. Les Vénitiens, qui avaient amené tout le gros de la voilure, se traînaient sur la mer, très indécis et leur ligne visiblement plus faible à bâbord, au plus près de la côte, où était le groupe de frégates commandé par le duc de Vicence, navires de course que le manque d'espace condamnait à l'immobilité et qui offraient au Turc un point où frapper, aisé à rompre peut-être, à rompre pour une échappée vers la mer libre, en tournant le centre vénitien. Resserrée dans le détroit, la flotte ottomane ne pouvait que se hâter à se déployer mais le peu de vent lui était contraire, et ses bâtiments remontaient avec effort, en serre-file, et gênaient les galères. Il ferait très beau. Les navires de Venise paraissaient dépeuplés et, en quelque sorte, allaient sur l'erre, dans le seul bruit mou, profond, des vagues courtes écrasées sous le lourd mouvement des carènes. Il n'y avait plus sur les ponts que les hommes indispensables, et encore avaient-ils reçu l'ordre de se dissimuler le plus possible, de faire le moins de bruit possible, et un étrange, un inexplicable silence s'était emparé de l'escadre.

— Ils ont au moins soixante navires, dont quarante galères, dit Bragadin.

— Le plus difficile est fait (et c'était bien d'imposer sa volonté à ces marins qu'il n'avait jamais eu l'occasion de commander) ; mais il faut faire le mort et c'est encore plus difficile que se battre.

— Il n'y a plus qu'à se faire couper en morceaux. Tu es complètement fou, répondit Bragadin. On pouvait les attraper les uns après les autres au sortir de la passe.

— On en coulait cinq ou six ; le gros filait par le sud et nous tombait demain sur les épaules, en haute mer ; et ils ont probablement deux fois plus de navires que nous.

Oui, il ferait très beau. Il s'enivrait de lumière et de ce goût salin sur la bouche. Le moment de jouer était posé devant lui, offert ; une pièce à bouger sur l'échiquier du monde. Puisqu'une fois encore il s'était laissé prendre, la morale politique lui commandait de jouer pour gagner. Ce qui justifie la crapulerie de la politique et celle de la guerre. Tous les coups permis, à condition de gagner. En histoire, la morale est fille de la loi, et il n'est d'autre loi que celle du vainqueur. Un gouvernement, comme un bandit, *peut faire la loi,* à condition qu'il en ait le pouvoir. Mais jouer sans vouloir gagner ?

On n'est jamais libre, parce qu'on n'est jamais seul, pensa Fabiano. C'est ce qu'il y a d'impossible sur la terre, la liberté. On est toujours engagé. Pour un mot, un échange, un souvenir ; pour un élan du cœur. Pour une idée ; par orgueil, par faiblesse, ou parce qu'on n'a rien à faire de mieux. Il faudrait se détacher de tout... J'aimerais vraiment la solitude, si je pouvais m'entendre avec moi-même.

Il regarda Bragadin. Il était charmant, Bragadin, derrière sa longue-vue comme derrière un canon, bouillant d'enfoncer le Turc dans la mer bleue. Dans moins d'une heure, on jouerait. Bien que l'ennemi soit sous le vent, on commençait de l'entendre. Et lui, devait entendre *leur silence,* et s'étonner de cette escadre muette, de ces bateaux vides ; ils venaient droit sur lui, sur trois files, mais en mauvaise formation et sous la plus médiocre allure ; leur file tribord se détachait vers sa gauche pour le séparer de Vicence, qui se laissait insensiblement dépasser. Bon. Les galères ? Vendramin devrait passer, à l'abri du corps de bataille, inaperçu pour un moment encore. Fabiano s'amusait, décidément. On lui dit :

— C'est le Khédive d'Egypte ; son pavillon est sur le second vaisseau de la ligne de bâbord. Diable, se dit-il, ce n'est pas un mince honneur. Je donnerais un panier d'oranges pour savoir ce que pense le Khédive. Il doit me croire imbécile, avec ma ligne de bataille qui dort et qui est faible sur son aile. Il me croit imbécile, et mes capitaines me croient fou. C'est parfait. Il faisait, ce matin, si bon vivre ! Et que croyez-vous, Andrea ? demanda-t-il.

— Votre Seigneurie, si nous ne faisons rien, nous n'aurons plus dans deux heures même une barque pour retourner à San Marco.

— Bah ! dit Fabiano, il y a toujours une barque pour le passage des morts. Il regarda dans la longue-vue de Bragadin — un présent pour Simonetta (il serait là, dans un petit fauteuil, jambes étendues à travers la pièce et scruterait les mystères féminins de la carte du ciel du boudoir de Simonetta avec la lunette de Bragadin). Le ciel brillait d'une lumière très douce qui dansait doucement entre les mâts et sur les collines fauves de l'île et de la terre, au-dessus du tumulte des équipages ottomans. Des cris et des musiques aigres couraient sur la mer contre le vent, car on les entendait depuis les premiers navires vénitiens. Vicence, et ses frégates, un peu en retrait, recevrait le choc des galères turques au moment même — à peu près — que le gros des deux forces s'affronterait.

— Andrea, aucun mouvement sans mon ordre, n'est-ce pas ?

— Oui, Votre Seigneurie.

Un peu de sueur sur le front et le cou, Andrea s'épongeait avec une écharpe. Le champ libre entre les trois navires de file de l'escadre ottomane et la ligne vénitienne rétrécissait et, visiblement, la foule hurlante qui couvrait les vaisseaux turcs n'attendait que le délire de l'abordage. Quarante galères, peut-être, et une douzaine de vaisseaux de ligne ?

La flotte de Venise demeurait immobile, pétrifiée, silencieuse, et seulement gouvernée par les cris des mouettes qui tournaient sur la mer. Fabiano vit la ligne tribord des Turcs gagner vers Vicence, les deux autres colonnes, où étaient engagés les navires de ligne, tâchaient à gagner sur lui, mais toujours en désordre à cause du vent — c'était trois bâtiments de front qui se préparaient à l'assaillir, le navire du Khédive ayant réussi à déborder.

— Amiral ! dit Andrea.

Et les capitaines qui entouraient Fabiano firent un pas.

— Oui ? dit Fabiano. Il rendit la longue-vue.

— Rien, Votre Seigneurie ; nous sommes prêts.

— Oui, je sais.

Il passa un doigt sur le coin de ses lèvres.

— C'est une journée superbe : on se devrait de la consacrer tranquillement à Poséidon, sur une plage de sable. Ces gens-là sont-ils toujours aussi bruyants ? demanda-t-il. Et que disent-ils ? Ils psalmodient les versets du Coran ou ils nous couvrent d'injures ?... Je n'accepterai jamais d'être ambassadeur à Constantinople. J'espère que le Khédive a du talent. Mais il faut le laisser venir...

— Il a défait les Espagnols devant Alger, il y a quatre ans.

— Les Espagnols..., dit Fabiano.

Presque toute l'escadre ottomane était sortie de son

mouillage, mais le peu d'espace ne lui permettait pas encore de se déployer, et sans doute connaissait-elle les fonds rocheux qui protégeaient la côte. Sa ligne de galères allait filer navire par navire vers les frégates du provéditeur sans se risquer à dédoubler. Elle resterait sous le feu des Vénitiens, à bâbord. (« A la place du Khédive, je me méfierais... ») Mais la supériorité en nombre des Turcs paraissait écrasante. Les officiers étaient nerveux... Si le vent tourne, c'est le désastre. Aucun ne l'ignore. Il avait exigé d'eux de n'entreprendre aucune manœuvre sans son ordre, dans les premiers moments de la bataille, et avait imposé que tous les hommes disparaissent dans les ponts, à part ceux qui étaient nécessaires aux batteries découvertes et aux voiles — mais dissimulés le plus possible. C'est cette flotte muette et vide qui barrait la haute mer au Khédive d'Egypte.

Domenico écoutait se rapprocher ce vacarme parfois déchiré par l'appel strident d'une trompe, parfois étouffé par le claquement bref du vent. Fabiano lui avait donné ses pistolets. Il les lui avait offerts, il y avait déjà quatre jours, pour ses quatorze ans. Tout à l'heure, il lui avait dit : « Reste près de moi, et garde tes pistolets chargés. » Alors, il les portait, passés dans sa ceinture.

Les galères ottomanes allaient enqueuter pour engager Vicence, par le travers de la première ligne vénitienne, d'ici vingt minutes. L'affaire était risquée. Cette effronterie lui plaisait. Il commença d'admirer le Khédive. Une bataille qui paraît se régler au compas... On a toujours de l'estime pour l'adversaire qui commet les fautes qu'on lui prépare, c'est bien naturel. Pourtant, comment son centre tiendrait-il ? Et combien de temps ? Relever le nez de ses cartes et approcher les réalités de la guerre donne beaucoup de modestie — ou devrait en donner... Dans une heure, il n'y aurait plus qu'une mêlée confuse, et il ne nourrissait guère d'illusions sur les possibilités de faire manœuvrer savamment des navires ravagés par l'artillerie et dévorés d'incendies... « On devrait en rester au premier acte, pensait-il, après, tout se gâche. Et puis, le premier acte devrait être pour moi. Proprement. » La seconde ligne de ses vaisseaux allait se partager ; trois à bâbord écraseraient sous leur feu les galères turques engagées contre les frégates ; les quatre autres appuieraient sur les dix navires engagés... Il gardait Vendramin en réserve ; peu confiant dans les galères, sinon pour la course ; mais quel parti en tirer ici ? Vendramin le couvrirait aux ailes, si sa ligne menaçait d'être débordée.

Dans vingt minutes, on serait à portée de canon... Il respira un grand coup ce vent blond de soleil avant qu'il soit empesté par la poudre et la fumée. La lumière le lavait comme de l'eau de sa fatigue. S'il n'y avait pas toutes ces saletés et ces gens à qui on enfonce du fer dans le corps, ce serait assez beau. Un instant, il pensa que les vagues emporteraient bientôt sa vie et ses souvenirs, et qu'il irait pourrir sur le sable de la côte, entre les touffes de lavande et d'absinthe sauvage. C'est toujours la même éternelle fâcheuse histoire, se dit-il, moi, quelle importance ? Mais il ne s'agit plus de moi.

(Alors il s'aperçut que le Khédive avait réussi à dédoubler son front d'attaque, et qu'il avait maintenant trois vaisseaux de ligne — deux-ponts, et qui peut-être portaient de quarante à soixante pièces chacun — et deux galéasses ; il calcula que cela valait mieux, car sur ses dix navires, sept allaient pouvoir concentrer leur feu sur cinq bâtiments, trois à tribord, demeurant trop éloignés.)

— Andrea !

— Oui, Votre Seigneurie...

(Il pensa au vieux Borsi.)

— Vous ferez abattre de trente degrés à tribord à mon signal. Nous serons alors placés pour barrer le « T », Andrea (et il eut un geste de la main lent et appuyé). Pointez les pièces des batteries basses sur la ligne de flottaison. Pour les batteries de pont, à boulets rouges, puis tir à boulets ramés dans les mâtures, puis encore à boulets rouges. Mais qu'on ne tire pas avant mon ordre, s'il vous plaît.

Lentement, dans le claquement des voiles et les gémissements du bois et des cordes, les hauts navires écrasaient l'écume de la mer.

Les mouettes, comme des cris blancs écrits entre les mâts. Des cris, un matin sur une plage, il s'en protégeait en rêvant, les oiseaux de mer marchaient au bord de son sommeil, y marquant à peine une infinité de traces. C'était un grand jeu. Et Domenico portait son rêve entre ses bras serrés, contre le vent, contre le feu, contre la mort et contre les autres. Peut-être, il mourrait, allant rejoindre sur la plage du temps son sommeil interrompu — mais il mourrait heureux. La vie devenait moins vraie que son rêve, parce qu'elle ne changerait plus son cœur. Il ne désirait rien au-delà de la confiance qui lui était faite. Il était très jeune et Fabiano *savait* qu'il serait très calme, très tranquille, comme si tout cela ne le concernait pas. Absent et présent comme un hauban, un anneau, un cercle de cuivre de la barre. Absent surtout parce que tout entier perdu dans sa confiance, et présent en silence... Tu n'avais plus de souci que pour lui — et déjà tu le trahis en désirant le sauver. La jeunesse est toujours trahie, parce qu'elle est sincère. A tout prendre, mieux vaudrait perdre cette bataille et mourir, car tu es de ceux qui ne veulent pas décevoir, mais, s'ils sont capables de donner leur meilleure part dans un moment grave, ils ne savent faire, jour après jour, et pour de petites choses importantes, qu'un don médiocre d'eux-mêmes. Tu es trop à l'étroit dans ton cœur, et te heurter sans cesse à toi te laisse croire impossible d'offrir un refuge, un accueil, un long partage, et tu dois te vaincre pour ne pas t'abandonner. Il pensait à cela qu'il ne faut pas gâcher : sa jeunesse, et sa mort. Il pensait encore, voyant près de lui le jeune visage très beau de Domenico : tu te reproches tout ce que la mort peut lui reprendre, alors que c'était le seul don que tu puisses faire à sa jeunesse, et tu te reproches bien davantage ce que tu risques de gâcher si la mort n'y met bon ordre. Tu poses ta main sur son épaule. Il ne bouge pas — comme il dormait près de toi, de cette nage immobile si rapide ; seule capable peut-être d'annuler ces folles distances qui nous séparent et que la vie change en impossibles déserts... Les ponts s'inclinent vers la mer, et les vagues se cassent, et l'escadre de Venise déploie son front muet — vide ; ostensiblement, les batteries de pont sont sans servants. Et Bragadin songeait : « Nous avons une heure de feu, à peu près... » C'était un très beau théâtre. Le soleil montait. Les boulets de fonte chauffaient comme de lourds fruits du soleil. Alors, Fabiano lança un ordre, et les hommes bondirent sur les ponts, et Andrea fit passer les signaux, inclinant lourdement l'escadre.

Il ne manque plus que tu fasses des phrases, imbécile ! se dit-il. Et serrant dans une de ses mains la main de Domenico (si la mort ne nous sépare, ce sera tellement plus difficile) :

— Mon petit garçon, peut-être qu'il va falloir bien mourir.

— Oui, dit-il gravement. Et il sourit à Fabiano.

midi

Billet reçu à midi par le secrétaire des Inquisiteurs d'Etat :

Je me dois d'informer sans délai Vos Seigneuries Illustrissimes du décès du seigneur français arrivé avant-hier par la barque de Padoue, et qui s'était logé chez Giovani Montovano, paroisse de Santa Agnese. Comme j'ai accoutumé de ne rien négliger pour le service que Vos Mansuétudes ont eu la grâce de me confier, je me suis rendu dès la première heure de ce jour au logis de l'abbé pour y rencontrer et faire parler son valet, sous un prétexte d'oraison pour un défunt parent — Dieu nous conserve en sa Sainte Garde ! Mais le coquin m'a laissé sur le pavé, disant seulement que Don Giovani avait un mort dans sa maison et qu'il en avait bien assez d'un pour s'occuper. Et cela est vrai, car l'abbé a fait prévenir Messer Grande et l'église de Santa Agnese, où je suis allé pour faire parler le sacristain.

Je suis revenu par les Procuraties, mais les boutiques et les cafés étaient à peu près vides à cette heure, et je n'ai rien entendu ni vu. Je suis entré dans l'église San Marco pour entendre l'Office et voir le bordel que l'on dit y régner, même pendant les messes et vêpres. Il y avait plusieurs femmes en zendale, et des patriciens en tabarro, en grand mépris de Vos Ordonnances et du respect que l'on doit à un lieu aussi sacré, sans égard pour le prêtre et le Saint Sacrifice. Plusieurs couples allaient et venaient en riant, avec des gestes et des caresses qui causaient un grand scandale parmi les personnes dévotes. On dit que les galanteries obscènes ont lieu à toute heure dans l'église et qu'on y fait le commerce des livres interdits. Comme je marquais à voix assez forte mon indignation de ce scandale, une femme qui était près de moi rit en m'assurant qu'on s'y amusait autant que chez Tomaso Monselice. J'ai parlé à cette femme, sans la connaître car elle était masquée ; je lui ai dit que j'arrivais de Bologne et que j'avais eu l'honneur, autrefois, de rencontrer Notre Honorable Monselice, le Procurateur, et que je savais que Tomaso Monselice avait donné hier dans la nuit une fête sur le Canal. J'ai voulu faire parler cette femme, mais elle m'a seulement dit qu'elle s'y trouvait. Je n'ai rien appris d'autre de sa bouche. Pourtant, cette femme me semble débauchée et très effrontée.

J'ai vu également, dans l'église, des femmes qui parlaient et riaient avec le Vizio, ce qui est un grand sujet d'étonnement. Chacun maudit ce désordre indigne, et en appelle à Votre Justice Vénérée...

le 9 septembre 17..

*

C'est Tomaso. Il entre dans la salle sans être lavé du sang qui le souillait. L'ombre coulait au ras des murs, nette, géométrique. Le ciel jaune pesait sur la ville. Dans la grande salle, ceux qui venaient de se réveiller buvaient, et mangeaient le reste des volailles et des pâtés. Personne ne savait. Ils mangeaient et buvaient, c'était normal. Ils s'étaient levés, quand il était entré — il ne les voyait pas bien, la lumière entrait brutalement derrière eux par la loggia. Tous des menteurs, de fieffés menteurs. Un tremblement était sur lui, au fond de lui, et ne s'arrêtait pas, et la lumière entrait à coups de couteau dans ses yeux. Des menteurs, il en était sûr ; ils avaient peur et ils feraient semblant de ne pas savoir. Il s'essuie avec sa chemise roulée dans ses poings et il les regarde, ils sont debout et ne mangent plus, et ils ont peur. S'ils s'arrêtent de se goinfrer, ils ont peur. Il rit. Pourtant sa bouche ne rit pas ; trop sèche, sa bouche. Qu'est-ce qu'ils ont à le regarder, qu'est-ce qu'ils font ? Tu veux voler quoi encore ? Il crie, parce que s'il ne crie pas on fait toujours semblant de ne pas l'entendre, naturellement. Il y a la petite blessure qui le mord et mouille sa cuisse, sale catin, et ce sale jour jaune qui lui fait mal. Visiblement. Viens donc, nous t'attendions. C'est ce qu'ils disent, naturellement. Si ce tremblement s'arrête, il peut — mais, eux il ne faut pas qu'ils sachent. Oui, il hurlait, il criait, il le sait. Tout le monde le sait. La Procuratrice notre mère est sourde depuis quinze ans ; il faut s'entendre ici. Il ricane, caché derrière sa chemise et serre les dents sur l'étoffe salie de sueur,

(sa chemise roulée entre les poings et le visage enfoui dedans, les jambes écartées, son torse luisant de pâleur dans l'encadrement de la porte, tremblant, les yeux fixes et trois valets hésitant derrière lui, ne sachant ou n'osant que faire, craignant peut-être quelque mauvais coup, de ce fou, de ce furieux, leur jeune seigneur — mais ils le détestent, et ils partiraient, ils changeraient de maîtres, s'il n'y avait le frère, et la mère, la vieille, la veuve, la sourde — est-ce vrai qu'elle n'entend rien ?

qu'elle ignore ce qui se passe ici, c'est invraisemblable, comme cette nuit)

salie de sang, les cheveux dénoués, sous lui, et il la tenait bien cette fois Nicolosia, la garce, elle refusait encore, il aimait qu'on lui résiste, c'est mieux, ça lui donne le droit de, et il aurait dû, comme il avait le droit maintenant de reprendre son frère : il est responsable de son frère. Il va pouvoir... mais il ne faut pas le dire, le laisser supposer, même un seul instant, un seul petit instant, car ils sont très capables de l'empêcher, et il ne peut pas avertir la vieille, la prévenir, elle est sourde, et s'il crie ils entendront tous...

— Ils sont tous tellement salauds, dit Tomaso ; et il avança vers la table, s'essuyant la poitrine et le ventre, comme une mécanique. Des ombres malades marquaient sa figure. « Viens donc, disaient-ils, nous t'attendions ; tiens, assieds-toi. »

— Je n'ai pas beaucoup de temps, dit Tomaso.

— Tu as froid ? Il a froid ; couvre-toi.

— On a même plus le temps d'aimer, dit l'abbé Chiaro ; à peine couché, c'est midi, il fait jour et les oisifs viennent frapper à la porte.

— Le temps nous vole, dit Michelangelo.

Tomaso recommença de s'essuyer mécaniquement (il savait bien qu'ils étaient menteurs). Est-ce qu'ils allaient rester assis, là, toute la journée pour boire et manger — il n'aurait pas dû entrer, s'asseoir, ce serait difficile de leur échapper. Pour celui-là, tu allais sourire, et te pencher doucement vers lui, sans le lâcher des yeux, tu l'obligerais à avouer (tu n'étais pas dupe, non, mais tu devais te méfier). — Qu'est-ce qu'il t'a volé, à toi, le temps ?

Michelangelo regardait Tomaso, souriait. Ne répond rien.

— Il faut l'empêcher de mentir ! crie Tomaso. La

lumière acide danse dans le silence, et puis le grand bruit des fourchettes et des verres recommence.

— Quel est le plus menteur de vous tous ? C'est toi, l'abbé ?

— Mentir est une vertu difficile, soupire l'abbé.

— Qu'est-ce qu'il t'a volé le temps ? Tu n'avoues pas ? Tu ne sais déjà plus ? Il t'a bien volé quelque chose... Allons, il ne pourrait te prendre ce que tu n'as pas, cherche bien : si tu ne trouves pas, c'est que tu mens. Vous mentez tous, vous me croyez fou, et vous me faites la conversation.

— Mentir, c'est une manière de parler, dit Michelangelo.

— C'est une manière de vivre, et de venir lécher mon verre ; n'est-ce pas, tu viens lécher mon verre, et mes mains, et si je voulais... On ne peut rien te voler, tu lèches après tout le monde. Il ricana encore et pardessus la table tendit les bras :

— Lèche-moi les mains, dit Tomaso ; elles sont sales.

(Peut-être, ils se mettraient en colère ? Non. Et celui-là non plus, il aurait dû parier cent ducats qu'ils ne diraient rien, qu'ils ne crieraient pas, mais qu'ils feraient un peu de conversation, d'un air dégagé, comme s'ils n'avaient pas entendu, avant de se remettre à manger. Même s'il essuyait ses mains sur leur figure. Comme des chiens couards qui tiraient la langue en flairant les restes.)

— Eh bien, Michelangelo, tu n'as plus faim ? Il se penche, tend ses paumes ouvertes. L'abbé se passe une serviette sur le visage ; les mains de Tomaso sont moites, et tremblent.

Michelangelo dit, d'une voix très calme :

— Ce n'est pas utile ; quoi que tu fasses, tu auras toujours les mains sales, Tomaso. Tu le sais. Même les femmes n'aiment pas que tu les touches. (Il jouait avec une fourchette d'un air las et lointain, mais il y avait, au fond de ses yeux noirs, une lueur provocante.)

— L'art d'être insolent, dit une voix à l'oreille de l'abbé.

— Non; l'art d'être imprudent, souffle-t-il dans sa serviette.

Les valets muets, pétrifiés, les bras encombrés de vaisselle.

— Eh bien! imbéciles! crie Tomaso.

Et il jette sa chemise au nez du plus proche, qui laisse choir ses plats. Il éclate de rire, se lève.

— La fête est finie! allez-vous-en! tous! vous pensiez que ça durerait toujours, je vais mettre de l'ordre. Allez-vous-en!

— Tu es complètement ivre, dit une fille qui mangeait avec ses doigts, la bouche pleine.

Elle se leva et voulut crier. Il attrapa d'une main le haut de sa robe et lui enfonça, vif et ricanant, entre les seins, des viandes froides qu'il ramassait sur la table (il devait y avoir de la sauce quelque part, il se retourne), mais le tissu craqua d'un coup. Pâle de fureur, Fausta sentit sa gorge jaillir de la robe déchirée. Les morceaux de viande retombèrent sur le sol avec des claquements mous. La mince ombre blanche du lévrier s'avança vivement.

— Vaghezza! crie Tomaso : ici! Ce n'est pas pour toi.

(Vers la mer, on entendait alors le roulement répété des canons.)

Il fallait simplement qu'il reprenne un peu son calme. Les yeux hagards, il s'essuyait les doigts avec la nappe. Les éclats de faïence qui crissent sous les pieds, les pas dans le grand escalier de marbre, le ciel qui vole en morceaux sous les salves d'artillerie. Il les voyait, cherchant rapidement leur manteau, leur chapeau ; il était haletant, comme s'il avait dû courir des jours et des jours pour arriver avant qu'il soit trop tard — avant quoi il ne savait plus, il ne parvenait plus à se rappeler, et cette lumière éclatante était insupportable. Sa blessure à l'aine remuait comme une flamme et il avait envie de vomir. Il avait besoin de calme. De calme. Etre seul. Il allait être seul, il les entendait descendre les marches (il s'essuyait les mains à la nappe, penché en avant et frissonnant). Les salves de l'Arsenal. C'était pour le départ de l'escadre. Il devait se hâter pour partir avec l'escadre ; il ordonnerait à Domenico de rester avec leur mère, il l'imposerait.

Il faudrait qu'il en parle avec elle, car elle ne s'apercevait de rien et pourtant (oui, c'était son rôle de veiller sur son frère plus jeune) ; mais lui dire, ce serait encore une discussion interminable et il détestait ça, elle ne comprenait jamais. Fabiano revenu ?

Tomaso souffla ; il était couvert de sueur. Retenir Domenico, il n'avait pas su. Il savait qu'ils le brocardaient, tous ; personne ne l'aimait. A ses pieds on ramassait des débris de vaisselle, c'était comme si Venise volait en éclats, avec ce rire infernal des choses brisées qu'on jette dans un seau, et les coups de canon continuaient de secouer le ciel et ce vacarme sourd lui rappela qu'il fallait aller voir sa mère. « On ne peut pas lui faire de confidence, il faudrait crier trop fort. » Il sourit sur ses dents, et décida qu'il n'irait point. Sa mère... Tomaso haussa les épaules. Il lança un regard morne sur le gâchis que les domestiques s'efforçaient de réparer, et se dirigea vers son appartement en tirant la jambe. « Tous menteurs et lâches. » Il caressa, froides et lourdes, des armes de Milan, qu'il venait d'acheter. Les coups de canon, c'était donc une victoire ? et cette pensée lui pinça le cœur comme une porte qu'on claque. Ah ! s'il pouvait dormir, longtemps, longtemps. Dans la grande glace, qui était à la tête de son lit, il se vit seul et beau, avec un air méchant et veule ; à genoux sur le lit — mais il sentit sa petite blessure ridicule se déchaîner à nouveau — il encadra l'image que le miroir lui montrait, de ses mains posées à plat :

— Tomaso, tu me plais, j'adore ta sale figure, je t'adore ! Il songea à Giancarlo, et éclata de rire comme un idiot en retombant sur les coussins.

Quand il se réveilla, le soir, il se fit jeter beaucoup d'eau froide sur le corps par un petit valet.

*

La vie était bonne à prendre. Que toute vie qu'il est possible de partager est bonne ! On lit cela, le matin, dans les traces des oiseaux sur le sable de la mer. Que serait-il possible sinon de déchiffrer dans la solitude du soir, quand les nuages violets et rouges descendent de la nuit ? Le bruit de la foule couvrait nos paroles vaines, et s'il s'étend et s'entend sous les arbres comme un fleuve, combien il justifie notre solitude, et nous rend à ce qui fut notre partage. Ce bruit, ni l'aiguillon de nos devoirs ne valent rien contre le bonheur, qui n'est qu'une illusion. La vérité nous attend à la fin de chaque chose, quel qu'en soit le nombre de saisons qui n'a d'autre importance que de nous instruire plus tôt ou plus tard de ce qui est, c'est-à-dire la nécessité d'en finir. Mon vieux chien, pour mourir, se couchait dans mes jambes. Qu'est-ce qui me fait vous écrire, avant d'éteindre cette lampe, et de prendre la mesure du lit de ma vie morte ? Je me flattais d'avoir désappris à ma bouche d'avoir soif. C'est encore un goût de bonheur, peut-être — ou je ne sais quoi de faible qui lutte contre ce qui est un peu triste.

Vous êtes la dernière entrave à ma liberté — être libre, c'est être absolument seul. *Mais ce n'est peut-être que l'idée que je nourris de vous et de ce que vous auriez pu être — si la vie était un songe — qui me retient encore. Je vais maintenant m'habituer à ce mal : que les choses ne puissent être pures, et qu'elles ne puissent durer intensément sans se détruire. L'habitude que je prendrai ne demande qu'un petit effort. Tout est dans le dernier geste (comme dans un aveu de dernière heure — ou une offense). Je ne vous dois pas de raisons, car il n'y en a point. Mais cela je devais vous le faire connaître. Midi est l'heure privilégiée, qui ne supporte aucune ombre. On voit très bien le versant qui resterait à parcourir ; on voit aussi comment il s'achève, et s'il vaut la peine qu'on y consacre son effort. Quand les dés sont pipés, il faut quitter la partie, et ce n'est pas très difficile dès lors qu'on est seul — parce qu'on est devenu libre et que c'est une force. Et ce qui est cruel, c'est de ne l'être pas ; je vous souhaite de ne jamais avoir à le souffrir. Obscurément, je crois y avoir toujours pensé, tel un enfant qui sait qu'on lui retirera ses jeux des mains, sans qu'il sache pourquoi — étonné par cette ombre qui marche à côté de lui, et le dépasse lentement, pour lui ravir sa journée. Nos jeux dérisoires et passionnés ne valent que le temps qu'on les joue... Je ne sais s'il vous est jamais passé par l'esprit de faire un vœu extraordinaire et secret, pour quoi vous abandonneriez tout (pour quoi vous donneriez tout). Je ne parle pas de gloire, de titre, ni d'argent, mais de quelque chose d'important ; le pouvoir de vous élancer dans les airs, de dominer la ville, de la saisir tout entière, repliée sur elle-même, mais ouverte pourtant, parcourue d'eaux, entre les taches dorées et brunes des sables, étendue presque sur la mer et la pénétrant et s'en pénétrant, changeant de nature et de visage à mesure qu'on s'en approche — oui, ce pouvoir, par exemple, de se détacher assez pour comprendre et abandonner ce qui vous attire et que peut-être vous adorez. Savoir que pour mieux aimer, il faut se reprendre ; je veux dire : prendre sur soi, pour mieux offrir ce qu'on arrache à son terrible mal. Toujours, il faut choisir. Et le prix de chaque chose sera net, quand tout dépendra d'une seule, que vous aurez élue. Vous paierez la vie au prix de votre métal. Car il vous appartient de choisir et de garder. Si j'ai pu vous donner quoi que ce soit de bon, c'est bien ainsi. Vous aurais-je tout donné, le plus riche ce serait moi.*

Ainsi, j'ignorerai toujours quel vœu extravagant ou admirable vous auriez pu faire. Les êtres passent près de nous comme les personnages d'un livre auquel on aurait arraché des pages, au hasard, et on ne sait guère ce qui importe le plus, de ce qu'on croit connaître, ou de ce qu'on ignore. Le cœur, pourtant, imprime sa marque sur la figure ; cette franchise-là est la meilleure, elle est involontaire. Et quand je regardais votre visage, j'y découvrais ce dessin aigu et tendre des visages qui ont de la qualité, de la grâce dans le plaisir, et je ne sais quelle fermeté qui les retient d'être jamais sans noblesse. Que la fierté que vous avez le droit de prendre à cela vous préserve de vous perdre. Mais devrais-je vous l'écrire ! Il est temps que je m'éloigne, que je vous abandonne, que je renonce à vous voir dans ma nuit, dans le dédale des canaux et la foule, dans ma vie ; très près de toi, et très loin aussi, c'est te confondre avec elle.

Parfois (c'est un grand plaisir à Venise l'été, de partir, le soir, pour la mer) quand nous évoquons les terrasses blanches dans la nuit des villas de la campagne, embaumées d'acacias, ou jonchées des feuillages d'octobre, au meilleur temps de la chasse, disent certains d'entre nous, et les bains aux sables du Lido, ce que chaque année, chaque saison, chaque jour nous apporte nous paraît extrêmement attachant. L'odeur des fruits dans les jar-

dins, les feux de l'automne, ces figures qui sont l'ornement de quelques-uns de nos jours — sans être davantage... Gardez-vous ce goût de la vie pour en jouir, et n'oubliez jamais qu'il faudra vous en défaire. Ce qu'on aime nous aide à devenir ce que nous sommes ; et c'est aussi ce qu'on aime qui nous détruit. N'ayez point de passion pour les plaisirs et croyez que les passions ne demandent pas qu'on soit aveugle, mais qu'on soit exigeant. A cela seulement, vous reconnaîtrez celles qui vous élèvent et celles qui vous dégradent.

Votre vie m'échappe. Il faut donc tout à fait vous quitter. J'ai à faire avec ce qui reste de lumière sur ma table, au centre de la nuit. Je vous parlais tout à l'heure de midi, ce moment comme une épure, aux traits secs, nets, surgie des données imprécises du matin. Eh bien, ce moment, ce beau dessin, ne dure pas : tout va se brouiller, tout s'abîme, on comprend que les ombres effacées remontent, et que rien ne saurait les empêcher de tout recouvrir. Il me plaît d'en rester à ce dessin ; son ordonnance mérite qu'on le préserve. Les ombres du temps et de la mémoire suffiront à lui causer quelques dommages ; je n'ai pas le cœur d'y ajouter les ombres des regrets de la vie. On peut mieux aimer les modèles que l'œuvre du peintre, ou du sculpteur, mais quand l'œuvre est accomplie, c'est l'œuvre qu'il faut sauver. Je n'ai guère désiré la gloire, et celle que l'on m'a donnée est un chef-d'œuvre du hasard ; et puis je ne serai jamais si heureux que j'ai cru l'être... Se détacher, dès lors que tout s'abîme ou, simplement, dès lors que rien ne sera mieux, et ne tendra plus qu'à s'abîmer. Que de rigueur ! Non, vous saurez bientôt que ce qui importe, c'est ce qu'on ne peut recommencer.

Rarement, ce qui nous est donné convient à notre désir. Ce n'est pas le temps, ou ce ne l'est plus. Les êtres nous trompent, et le temps nous dupe. Nous nous trompons sur les êtres, et l'espoir ne nous sert qu'à nous duper nous-mêmes. L'ambition est la forme agressive de l'espoir en société. A Venise, tout cela est supplanté par le plaisir, qui est un commerce que l'on croit prendre et qu'on nous prête. C'est encore un marché de dupes, d'une façon particulière qui fait la vie très pauvre ; on y jouit du superflu sans jamais posséder le nécessaire. Aussi, laissez venir à vous l'ambition, la gloire, et le goût des choses aimables. Ce n'est qu'un peu de vent, de feuilles qui volent avant l'hiver.

Aurais-je su vous en défendre ? Je ne voudrais vous obliger, au-delà de l'absence, qu'au respect de vous-même. Pardonnez-moi cette tendresse à vous contraindre, ce n'était pas vous assujettir. Et voilà que maintenant, je vous éloigne de moi. Vous alliez trop m'aimer, peut-être, et il ne faut pas. Vous êtes au bord de votre vie, et non point sur les rochers déserts de Naxos ! C'est votre petit navire qui part et je reste, avec mes ombres revenues. Je les apercevais déjà au fond de moi, depuis longtemps sans doute parce que savoir et comprendre fait voir les jours et les êtres sous un angle favorable aux ombres et le prix de ce qu'on aime en est singulièrement accru. Ne croyez point qu'il s'agisse d'amertume, c'est un sentiment qui gâte à peu près tout ce qu'on veut. Mais plutôt de cette sorte de vertige qui nous saisit quand la vie ne peut plus que descendre ou quand nous manque brutalement la raison de nous hausser, ou de nous maintenir. Maintes choses me gênent, la politique, et la guerre, et ce qu'on appelle l'amour. J'aime à penser que j'aurai su choisir. Le temps fait en nous la part du soleil et celle de la nuit.

Si je me lève, et vais de long en large entre ma table et la fenêtre, je vois les marches descendre dans l'eau sombre : l'air est tiède et bouge à peine ; la petite peinture de Giorgione est mal éclairée, et ses jeux de miroirs...

Qu'ai-je encore à attendre ? Ou, comme ce jeune homme de Venise qu'avait peint le Giorgione, et qui cherche dans une fontaine, et le reflet d'une armure, quel est son meilleur visage, m'est-il tellement nécessaire de le savoir ? Nous ne saurons pas, de tous nos masques, quel est celui qui est notre figure. Que cela ne vous inquiète pas. Le mieux est d'en sourire. On ne choisit pas non plus dans une bataille le coup d'épée le plus élégant pour en être blessé. Cet insigne bonheur est rare (je ne crois plus qu'il m'ait manqué). Que vous paraîtraient étranges de telles imaginations, de moi qui ne vous parlais guère ! J'aimais, c'est vrai, à te voir sourire — j'aimais ton visage entre mes mains. C'est vrai. Qu'importent les phrases, il s'agissait bien de cela ! Maintenant adieu.

F.

mémoire

L'aurore est belle pour ceux qui n'ont pas encore dormi. Le jour paraît alors s'étendre si loin, devoir être si long à parcourir, et le soleil si lent, que chaque heure qui passe, comme une vague sur la mer, grandit et nous emporte vers une espèce d'éternité — grise et puis verte, opale, avec des taches d'or dans la rapide transparence, comme une vague sur la mer en attente, une lame qui monterait en nous, s'élèverait grandissante depuis les années oubliées, depuis les rives mêmes du temps jonchées de mémoire. Et soudain déferle, nous disperse et nous dissout.

— Nous étions, disait Giuseppe, revenus aux temps de la fable, ces temps où la mer, paraît-il, retroussait ses robes pour honorer les Justes. Nous ne savions que faire d'une gloire à l'abandon. Mais savons-nous, avons-nous jamais su ce que nous voulions faire de nous-mêmes ? Nous sommes prêts à courir pourtant, tous, autant que nous sommes, à courir après une petite gloire et sans trop regarder où nous mettons le pied. Mais celui qui ne veut point du triomphe ! Celui qui s'avance couvert de gloire et la laisse pourrir au milieu de la place Ducale, splendide charogne dont l'odeur fait monter une eau dorée à la bouche de nos jeunes ambitieux... Les beaux récits de guerre, les prouesses ! qui s'élèvent comme un nuage de mouches. Point de vérité ; mais des convoitises. Le plaisir à Venise est institution : tout ce vacarme de guerre nous dérangeait. Mais tout s'est apaisé, il n'en reste que la musique, et ce relent qui nous nargue et nous empoisonne comme la peste de Thèbes ; fallait-il trouver un homme, et le perdre ! (Le soleil a commencé de redescendre.) Il va être temps de prendre son repos, de mesurer l'ombre qui s'allonge infiniment et de songer à ce qu'on aurait pu faire de sa vie — mille choses qui nous auraient valu une fatigue extrême et la considération des sots. Les uns rêvent, les autres s'acharnent ; celui-là va mourir, et cet autre est à naître : étrange monde ! Vue de la Lune, notre vie qui se passe à mourir doit paraître bien singulière, et nous sommes plantés là, les uns à côté des autres, chandelles à la merci d'un courant d'air, et qui brûlent en pleurant sans donner beaucoup de lumière. Monde étrange, qui m'a donc fait hypocondre ? Non pas ; gardons-nous l'œil sec, et l'esprit net. La hargne aussi me fatigue, que ce soit celle des empires ou celle des faquins.

— Voici que tout un jour encore nous est donné, dit Simonetta. J'ai tant de petites choses à faire que j'arrêterais volontiers le soleil pour me garder le temps d'arroser mes plantes et, me penchant sur la cour, ou sur la place, où sont les lionceaux de pierre, regarder encore, écouter encore la vie des autres battre autour de moi avec chaque battement de mon sang, pour emplir, comme un œuf, la minute présente, de gestes, de cris, de rires et de jurons qui font pouffer les abbés dans leur chapeau. Chaque heure qui passe, les odeurs qu'on attend, les pas qu'on reconnaît — l'odeur de la soupe au basilic, ou les bouffées d'encens sur le parvis de San Marco. Le rire de la petite fille est devenu le rire de l'amoureuse...

— La vie pour quoi faire ? demandait Giuseppe.

— et la toux de la vieille s'est tue, dans la maison basse. On ne l'entendra plus ni geindre, ni traverser la cour en traînant ses savates. Une heure après l'autre, pour espérer sans attendre, entendre des pas qu'on ne reconnaît pas ; mais guetter le même jeu du soleil sur l'eau et sur le marbre, et le chamaillis des oiseaux sur les toits. Soir après soir, retrouver le livre, la tasse de chocolat brûlant, la broderie commencée. Se dire : demain ! Demain pour le théâtre, pour acheter une étoffe, demain pour la musique. Il a plu ; Venise demain sera plus belle et ses couleurs toutes neuves. Ou : j'ai affaire avec mon marchand de livres, et l'ambassadeur du roi de Naples doit venir... (J'aurai fait l'amour à toute l'Europe ! Comme Venise, disais-tu, Fabiano ; et tu riais de me voir sourire.) Les saisons, les années. Te souviens-tu de moi quand tu pars, la porte refermée, les marches descendues... L'escalier craque toujours. Le matin chante le pain chaud devant l'échoppe du boulanger, dans l'hiver blanc de brume et dans l'été. On croise les premiers et les derniers promeneurs, on se retrouve à la boutique de Stefano, ou chez Mori. Pour rien. Pour vivre, pour attendre.

— On ne saura jamais, dit Bragadin, ce que furent ces deux heures terribles. Après ça, on a du goût à vivre !

— Il ne reste rien de toutes ces années, dit Laura Foscarini ; et nous, nous sommes encore là pour quoi ? Parce qu'il y a bal, toute la nuit, sur la Piazza... Le ciel est si beau, la nuit si chaude, qu'on danserait jusqu'à la fin du monde,

les mille cris, les rires, les appels enfin apaisés — « taisez-vous ! taisez-vous ! » criait-on —, refluant, s'éteignant entre les façades de la place immense, les lumières, les lanternes et les torches, le silence (on avait fait sonner des trompettes, des cloches !), le silence avait empli la nuit, le temps que la musique éclate, enroule et déroule ses phrases éclatantes et que la foule des masques, tourbillonnant peu à peu, dessine, devant les pas suspendus, immobiles, des chevaux de Saint-Marc, le cortège futile et splendide de la vie et de la mémoire de la ville,

nous qui ne sommes que l'ombre de nos rêves, qui sommes et déjà ne sommes plus ce que nous étions, prêts à disparaître parce que nous avions pris tout ce qu'on pouvait prendre. Elle avait attendu si longtemps on ne sait quoi — que le passé se renoue, que les apparences deviennent ce qu'on a rêvé. Elle aimait les meubles noirs de ses palais, les lourdes tentures, les tapis si doux, les reflets infinis des flammes sur les verreries et le bois sombre et poli des meubles et des murs : — Et aujourd'hui, je me moque de tout, je me suis gorgée de la vie qui passe. J'ai pris tout ce que le temps détruit.

— Parfois, disait Bragadin, quand leurs prisonniers de marque ne peuvent payer rançon, les Barbaresques les attachent toute la nuit à la gueule d'un canon, et nous les renvoient à la figure, à l'aurore, à travers les mers, avec une bonne charge de poudre noire. Nous étions, ainsi, ligotés par Fabiano devant les canons turcs, et le temps s'écoulait — j'entendrai toujours les minutes, l'une après l'autre tomber à la mer, entre mes doigts ! Je n'avais plus un poil de sec. Son mépris, si beau à voir, nous donnait de l'héroïsme ! Jour et nuit, le ciel s'enchante, rien ne change dans l'ordre désinvolte des choses. Pourtant (la fête continuait), il venait de rendre à Venise un sourire capable de mordre !

— Comment, demandait M. de Bernis, comment cela est-il possible !

— Le Créateur n'a-t-il point dit : « Aide-toi, le ciel t'aidera », marmottait bêtement le vieux Cornerini.

— Serait-ce à vous qu'il a parlé ? riait l'abbé de Bernis. Je croyais bien, moi, que Venise n'avait plus d'honneur et ne se vengeait plus que par des mots. Il avait cru ce que raconte l'Europe. Mais il écrirait cela à Paris, pour l'amour des plaisirs qu'on lui a offerts ici, et un peu pour le goût qu'il a des choses qui ont du ton (lui qui n'aimerait pas à rester sur un champ de bataille où l'on n'aurait pas su se battre), et il aimait cette incroyable affaire, cette fable, ce théâtre.

Les danses recommençaient, les torches et les lampes se rallumaient le soir, dès que la lumière se retirait de San Giorgio Maggiore, et que l'île se refermait sur la nuit, à l'écart, comme une fleur que n'atteindraient jamais les caprices des saisons, les affreuses dévastations du temps.

Elle, Laura, savait maintenant le soir très proche. Et qu'elle emporterait à sa mort tous les fruits et les plaisirs cueillis ; elle aurait tenu sa place, joué son rôle, elle n'aurait pas gâché ce qui était possible... Elle n'aurait rien à regretter ; un peu de temps perdu, peut-être. Mais non. Longtemps elle avait cru n'avoir pas de désirs ; c'est, qu'alors, tout était bien. Les heures lui paraissaient plus ou moins brillantes, agréables ; mais c'était le cours normal d'une rivière, et elle comme une île, éternelle, sauvage. Et puis, brusquement, elle avait vu sa vie se perdre comme l'eau dans le sable — comme la vie s'était retirée de Saint-Sever avec une effrayante rapidité. Comme Fabiano avait disparu de Venise, sans une lettre, sans adieu, sans qu'on sache rien.

— Il faut vivre, et plus rien n'a d'importance, disait

Montovano ; et il allait, le long des Schiavoni, sous son bicorne, les yeux perdus, oubliant de priser, un peu voûté, un peu cassé (gardant chez lui, sous clé, un petit paquet trouvé dans les bagages de Saint-Sever, au nom de Fabiano — mais non, jamais il ne le lui remettrait). Les ombres grandissaient. La sienne allait devant lui, quand il s'éloignait, le soir, de la Piazzetta, qu'il marchait le nez baissé, mains au dos, sur la Rive, ressassant, remâchant de fausses nouvelles, des phrases, des idées qui lui venaient — et tout ça avait une saveur amère et lui brouillait le cœur. Les cloches, les fanfares, les hurlements de la foule, les salves de l'artillerie, navire après navire, les ovations du peuple surtout, entassé le long des fondamenti, et tout ce chahut joyeux qui venait des gondoles et des barques sur le Grand Canal, autour de l'escadre ; et le Doge, entre le Nonce et l'Ambassadeur de France, suivi du Grand Conseil, du Patriarche, des avogadors, des sénateurs, encadrés par les gonfaloniers, les gardes — et, claquant au vent de Venise, l'or sur la pourpre du vieux lion évangélique et bonasse, une patte posée sur le bouquin de son bienfaiteur —, le Doge s'avance en cérémonie pour accueillir sa flotte triomphante et son Grand Commandeur de la Mer : Notre Honorable Fabiano Fabiani, maintenant couché sur le noble Livre de la République.

— Personne, dit Bragadin, personne ; pas un parmi nous, pas un seul téméraire, qui pût en croire ses yeux, qui ne fût d'abord pétrifié, et comme saoul d'incrédulité. Pourtant, avant même qu'on eût fait passer les ordres, avant même que d'abattre d'un quart de cercle sur tribord et que nos pièces fussent parées à tirer (les deux flottes demeuraient encore trop distantes pour ouvrir le feu mais ce n'était plus qu'un délai très bref) et la ligne des Turcs, chargée de démons hurleurs qui brandissaient des sabres, cognaient sur du fer et soufflaient dans des trompes, avançait vers notre escadre muette —, la ligne turque alors, ses galères empêtrées, sembla-t-il, hésita, voiles déjà faceillantes dans le vent contrariant, sans doute. Mais une stupeur aussi paraissait la frapper. Un flottement, une hésitation, un de ces relâchements imprévisibles qui sont la hantise des généraux, et qui marquent, dans le déroulement d'une bataille, une cassure, une faille dans l'unité, l'élan, la confiance, le bonheur des décisions et du coup d'œil : une hésitation mortelle qui s'empare de cette masse à peine déployée de navires, sous ses pavillons, ses voiles mortes — un mauvais coup au jeu d'échecs, cet Arabe —, et incline soudain l'escadre ottomane, porteuse des dévorantes espérances guerrières de La Porte. Scorpion condamné qui se replie, face au front désert toujours muet de l'escadre de Venise tournant lentement sur la mer, celle du Khédive tentait de fuir, écrasant ses galéasses sous le poids des hauts navires de ligne et sur les roches de la côte. Courant sur l'erre, les Vénitiens, nous, virant lentement, approchions, encore, présentant bientôt la triple muraille du feu possible de nos vaisseaux de haut bord qui défilaient quasiment beaupré sur gaillard d'arrière et fermaient la passe. Nos demoiselles : les galères de Vendramin, jetées en trois jours à la mer par l'arsenal de Pola, flottaient en réserve, rames paresseuses. Les vaisseaux turcs accroissaient leur désordre, des révoltes éclataient sur les galères enchevêtrées. Nous étions envahis par un curieux bonheur. (— Crois-tu, demandait Fabiano, crois-tu que le Khédive a bu son café ?) La peur s'emparait des pauvres Turcs. Nous n'avions guère dormi, disait Bragadin ; mais la fatigue et ma suée s'en allèrent d'un coup ! L'ordre donné d'ouvrir le feu, aux coups de sifflets, les bordées de boulets rouges s'envolèrent et les navires commencèrent de brûler furieusement ; les mâtures saccagées s'abattaient sur les ponts, ajoutaient à l'incendie et le portaient sur les vaisseaux voisins. Ronflant bientôt comme des cheminées l'hiver, les premiers navires de la ligne sautèrent avec une fumée prodigieuse.

— Quel incroyable bonheur, disait Andrea : les plus proches tentaient de passer entre les brûlots, ils étaient perdus.

— C'est, dit Giuseppe, la bataille la plus ridicule du monde : si j'étais turc, je voudrais ne plus l'être. Mais la République aura-t-elle assez de lanternes et de tambours pour que les années ne puissent en effacer ni le bruit ni la gloire ?

— Depuis combien d'années sommes-nous là, qui attendons, qui espérons... Etions-nous plus proches de notre vérité il y a dix ans — ou le serons-nous un jour ; et sommes-nous si fragiles, et si démunis... Nous demeurons incapables de nous connaître et de nous aimer et ne savons que faire de notre mémoire ; il nous arrive de mentir.

— Ainsi de chaque jour qui nous est encore donné, pour accomplir mille choses préoccupantes et vaines, chaque jour à parcourir comme s'il était, dans l'éclat du matin, l'annonce du parcours entier de notre vie. Et jamais je n'oublie, murmura Simonetta.

— La mémoire, disait Domenico, c'est pour aimer.

— Les mots sont vides et morts et ne servent qu'à nous tromper. J'ai creusé mon trou dans la vie : un ver dans le fruit. Je me suis gorgée de vie, pour emplir l'espace de ma solitude. Ma solitude sur les plages battues de vent, ma solitude noire et dorée, sous les hommes que je désire, entre les hommes. J'ai oublié les mots, et ne veux plus rien attendre, dit Laura Foscarini.

— Je n'étais qu'une courtisane, mais je n'ai rien oublié. Nous avions besoin de l'aimer.

— Je ne sais plus ce que j'avais à oublier. Je suis Laura Foscarini ; la putain, c'est moi. Maintenant, je regarde la mort avancer vers moi sous les cheveux blancs que j'aurai. Je n'ai besoin de rien. Pas même d'imaginer. Que peut-on avoir à se dire, au moment de mourir, et que tout devient parfaitement inutile ?

— Depuis combien d'années et pourquoi ? Et s'il revenait, pourrais-je lui mentir — oh, même par omission... Je vais, remuant cette pensée comme une herbe entre mes dents. Quand je suis au diable, que j'ai devant les yeux le vide de la mer, je respire, je chasse de la main ce qui me hante : quelle importance ? Et, quand je reviens sur mes pas, que je remonte vers San Marco le long des Schiavoni, quand je me retrouve, vieil imbécile, sur la Piazzetta, et qu'il va s'approcher de moi, rire, lever mon masque, me prendre entre deux doigts pour me tirer hors de moi et de mon mensonge ! Alors, tu sais que tu lui avoueras qu'il y avait un petit paquet pour lui dans les bagages — peut-être une lettre aussi... — quelques mots ? Oui, c'est ça, quelques lignes, des phrases... et les poèmes. Et tu as tout brûlé ! Oh ! pas tout de suite. Le feu a mis des années à prendre. Oui, tout a brûlé. C'était mieux ; plus rien. Net. Comme la vie : une flambée. Plus rien ! murmure Montovano.

Sur la mer, les Turcs brûlaient encore et ceux qui ne pouvaient échapper au désastre finissaient par sauter avec leur navire. Le vaisseau amiral qui avait porté le Khédive d'Egypte avait sombré en vomissant une énorme fumée rougie et des braises tournoyantes ; mais de ce feu sacrificiel et de ces cris terribles, nul oracle. Des débris jonchaient les roches ou dansaient dans le mouvement des vagues, et on apercevait de petits hommes en turban qui se sauvaient en courant dans les champs de lavande. C'était donc fini. Et toi : pas un seul navire perdu, sinon une frégate démâtée par une explosion, et qu'on traînerait en remorque. Tu ne voulais pas trop voir le soudain respect de tes équipages, une adulation qui sentait la poudre — soit, elle valait bien, à ton nez, les eaux de toilette du Conseil des Quarante... L'escadre cinglait dans le crépuscule, s'éloignait du sud. Les galères filaient à la vogue, et tes grands navires marchaient vivement, toute leur toile emplie de lumière. Tu écoutais le choc bruissant des vagues contre le bois des étraves, et l'une de ces petites guitares que les marins aiment à emporter. Et tu regardais, à l'orient, les Alpes briller dans la nuit nouvelle. Tu allais redescendre, écrire ton rapport au Conseil. Tu avais besoin de te baigner de sommeil, seul dans ta nuit. Il fallait être seul. Les rames allumaient un feu pâle et rapide sur la mer; on entendait les cris des comites et le claquement des fouets. (Tu reprendrais une galère capitane pour devancer l'escadre.) Et tu écrivais : *J'ai l'honneur de rendre compte à Vos Seigneuries Illustrissimes que la fortune des armes...* Et maintenant la lampe éclairait tes mains posées à plat sur le papier lourd. La nuit était très belle

— Il faudrait ne pas dormir, dit Domenico ; pour ne rien oublier ! —

et, ce soir, avant que d'étouffer la petite flamme de la lampe, avant que de descendre les marches de pierre, tu entends crier dans ton silence : « Prouve-toi que tu n'es rien que toi ! »

L'abbé regardait au-delà de l'eau grise marquée par l'accent noir des barques, la tache rouge des voiles, vers les îles invisibles, vers la mer dont un peu de vent portait le sel sur la bouche : Après tant d'années, dit-il, il ne reviendra jamais !

Près de l'Arsenal, des gosses en haillons, beaux et sauvages comme des chats, cherchaient à rattraper des pommes tombées d'une barque, et qui luisaient sur le canal.

NOTE DE L'AUTEUR

Pas une ligne de ce livre ne fut écrite à Venise. Il n'y a pas à s'en étonner outre mesure. L'auteur n'a pas non plus, pour autant que sa mémoire soit bonne, vécu au XVIIIe siècle, sinon, et comme son lecteur éventuel, grâce à l'intercession des peintres, des musiciens, et des livres. Encore que la littérature se nourrisse volontiers d'elle-même, l'accès à l'imaginaire exige d'abord du romancier qu'il sache effacer la trace de ses pas, qu'il apprenne à laisser oublier qu'il sait. Au demeurant, on ne sait jamais grand-chose des œuvres de fiction qu'on écrit. Et l'auteur ne croit pas qu'il y ait eu d'autre « modèle », d'autre prétexte à ce livre que ce qu'il en dit ici pour conclure. Un critique suisse n'imaginait pas qu'il eût jamais lu *Venise au XVIIIe siècle*, de Philippe Monnier, « ce Genevois oublié ». Ce livre magnifique est bien la seule dette littéraire et historique qu'il y a poutant lieu de reconnaître et avec gratitude.

Un jeune homme de Venise, commencé à Paris dans la nuit du 25 au 26 février 1962 (si toutefois cette précision au relent d'état civil a quelque importance !), n'y fut terminé que quatre ans plus tard et publié pour la première fois en mai 1966. De nombreuses, involontaires et parfois très longues interruptions n'ont cessé de retarder le travail sur ce roman. Une grande partie en fut rédigée à Bandol, au printemps 1963 ; d'autres chapitres dans l'île de Porto Santo, à proximité de Madère, en novembre et décembre 1964 ; d'autres au hasard des places et des jours. A l'exception du premier, romans, et nouvelles, ont été écrits « ailleurs » — en Tunisie, en Inde du Sud, et dans une île anglo-normande pour *l'Eté jaune*, dont l'action a pour cadre la Caroline du Nord en 1937. Ce recul par rapport au « motif », si l'on veut bien accepter cette comparaison avec le travail des peintres, est délibéré. On voit vite, ou bien on ne voit pas ce qu'on avait *besoin* de voir. Paul Morand, qui parlait d'expérience, affirmait qu'on voit tout de suite, ou qu'on y passe des années à regarder pour rien. Venise, il suffit de regarder une toile de Guardi pour y être. Au long de ces années de travail décousu, si lent, exaspérant et souvent décourageant, pour un ouvrage aussi bref, c'est peut-être dans cette *écoute* du temps à laquelle les peintres le reconduisaient au hasard des musées et des albums, que le romancier a puisé la plus sûre incitation à poursuivre l'aventure d'un récit aussi mal engagé.

Lors de sa parution, *Un jeune homme de Venise* ne fut pas mal traité par la Presse, qui se montra même assez attentive pour imputer à l'auteur, avec une bonne foi chaleureuse, une erreur qui n'en n'était pas une. A savoir, dans le début du livre, l'heure d'arrivée de la barque de Padoue. Cette barque, parce qu'il est dit qu'elle accoste à « vingt heures », a fait écrire qu'il s'agissait d'une faute, que « l'on ne comptait pas alors les heures comme on le fait aujourd'hui ». Sans doute. Mais il n'y a pas *anachronisme,* sauf celui qui est imputable à une idée préconçue, à une lecture un peu hâtive : le courrier fluvial n'arrive pas, à « vingt heures », à la fin du jour, mais en début d'après-midi. Le décompte des heures à Venise notamment se faisait, au XVIIIe siècle encore, à partir du coucher du soleil, et en épousait les variations.

Un autre point que le récit n'élucide pas, évidemment, reste celui de sa datation. Les commentateurs, comme il était malignement prévisible, se référèrent à la présence du cardinal de Bernis, au quatrième chapitre, pour situer l'action, sans s'aviser que Babet la Bouquetière, ou, encore : Belle Babet, ainsi que l'appelait Voltaire, eu égard, si l'on peut dire, aux attentions accordées par le prélat à une jolie fleuriste, n'occupa sa charge d'ambassadeur à Venise que bien longtemps après la mort des frères Marcello — ce qui rend toute datation impossible...

On remarquera justement que la présente édition, suivant en cela l'exemple autorisé des musicographes, rend à Allessandro Marcello ce fameux concerto pour hautbois en *ut* mineur qu'on attribuait récemment encore à Benedetto (dont l'œuvre ne semble comporter que de la musique sacrée). Il convient, dans un tel cas, de mettre les pas de la fable dans les pas, même hésitants, d'une science plus sûre. Pour le reste, il aura bien deviné, le lecteur, même sans appareil de notes, où il se trouve dans Venise, et que *la sagra* était la fête du marché aux oiseaux. Quant à la citation de Lucrèce sur les simulacres, elle est prise au Livre IV (vers 210 et suivants) du poème *De la Nature,* et nous dit qu'à peine la nuit s'étoile-t-elle qu'on voit ses feux se refléter dans une eau tranquille, preuve de la rapidité qui transporte les apparences du plus profond du ciel jusqu'à nous.

La verve basse des mouchards n'était pas moins prompte à tomber dans la Bocca di Leone (poste à ragots, on le sait, ouverte dans le mur du Palais, et qu'on voit désormais bâiller au néant) que la lumière du ciel à choir dans les flaques. Les lettres des espions à gages de la République — auxquels appartint le triste Casanova, menteur, tricheur, bellâtre et gigolo — sont des pastiches des documents d'archives. D'un excellent recueil publié, en 1944, aux éditions Grasset : *les Agents secrets de Venise au XVIIIe siècle,* on a repris avec fidélité le souci du détail, le voyeurisme et l'étonnante flagornerie. Grâce à cette édifiante industrie, le gouvernement se tenait informé à peu près de tout, de l'inutile comme de l'important. Bernis y voyait une des raisons du calme socio-politique qui régnait à Venise, où la violence était extrêmement rare. Cela conférait aux villes et aux terres sous obédience de la bien nommée République sérénissime une atmosphère particulière unique en Europe.

Il y avait de plus à Venise, depuis la fin du XVIIe siècle, comme une suspension du temps, que brisa la soudarde irruption, en 1797, du corsicaire à cheveux plats de la France révolutionnaire. C'en était fini de Venise, jetée à l'aigle d'Autriche comme une charogne. Le combat naval conduit par Fabiano Fabiani est pourtant l'héritage d'un long passé de bravoure, de conquêtes, de ruses et d'audace effacé par Bonaparte. Sans doute est-il singulier; mais il est plausible. Jusqu'au temps du renoncement militaire de la seconde moitié du siècle, les arsenaux étaient capables de mettre à la mer une ou deux escadres de galères « préfabriquées » en une semaine! L'Histoire est plus riche de faits étonnants qu'on l'imagine.

On voulut bien faire tout de même à l'auteur le reproche de s'inspirer d'une technique romanesque alors à la mode dans les années soixante. J'ai peur que cette assertion ne tienne plus aujourd'hui, d'autant que l'influence supposée n'existait pas, et que c'était plutôt à une réflexion sur le récit cinématographique, sur la fluidité, ou le phénomène de rupture, ou de simultanéité permis ou provoqués par les passages d'un temps à un autre, d'un moment de conscience à un autre que la mémoire ou un geste, une image, ranime. Ce qu'aussi la caméra épie parfois sur les visages *au-delà du jeu,* et qu'il se passe alors quelque chose juste à cette limite où le rôle s'achève. Se tenir sur cette lame qu'on appelle le présent, entre ce qui fut et ce qui n'a pas encore été, tel est le sort au fond assez commun des personnages de ce livre.

La présente édition apportera, on peut l'espérer, la disparition de fautes de détails, et des coquilles assez nombreuses (dont quelques-unes avaient pu être supprimées de l'édition Rencontre de 1968), et une révision du texte non négligeable. On ne se relit jamais trop — à seule fin, faut-il le dire, de se corriger. Les œuvres, en effet, restent un peu plus perfectibles que l'homme.

Enfin, à l'inutile et rituelle question : qu'est-ce qui vous a *donné* l'idée de ce livre ? l'auteur pourrait répondre qu'il eut le désir d'écrire la vie d'un héros qui, possédant tout, se défait de tout. Venise offrait l'espace, clos sur lui-même, ouvert sur l'imaginaire, où jouer cette partie. Encore jeune, Fabiano Fabiani, s'il meurt, en quelque sorte, *avec* Saint-Sever, laisse à Domenico adolescent sa mémoire. Et disparaît. (Comme a disparu le triple portrait peint par le Giorgione, et dont la description nous est parvenue sous la plume de Vasari.) Un héros qui n'est peut-être, simplement, qu'une figure du temps.

C. M. C.
Paris, janvier 1983

DU MÊME AUTEUR

Aux Éditions Gallimard

DÉSORDRES, *poésie.*

INCONNU PASSAGER, *poésie.*

Aux Éditions Denoël

LA BALLE AU BOND

UN JEUNE HOMME DE VENISE

LA RAGE DE LIRE

Chez d'autres éditeurs

LA MORT SUR L'ÉPAULE, *poésie* (L'Aire).

VIDE TA BIÈRE DANS TA TOMBE (Balland).

L'ÉTÉ JAUNE (Balland).

DICTIONNAIRE DES NOUVEAUX CINÉMAS ARABES (Sindbad).

COLLECTION FOLIO

Dernières parutions

1391.	Raymond Radiguet	*Le Diable au corps.*
1392.	Ivan Gontcharov	*Oblomov.*
1393.	Réjean Ducharme	*L'avalée des avalées.*
1394.	Giorgio Bassani	*Les lunettes d'or et autres histoires de Ferrare.*
1395.	Anita Loos	*Les hommes préfèrent les blondes.*
1396.	Anita Loos	*Mais ils épousent les brunes.*
1397.	Claude Brami	*Le garçon sur la colline.*
1398.	Horace Mac Coy	*J'aurais dû rester chez nous.*
1399.	Nicolas Leskov	*Lady Macbeth au village, L'Ange scellé, Le Vagabond enchanté, Le Chasse-Diable.*
1400.	Elio Vittorini	*Le Simplon fait un clin d'œil au Fréjus.*
1401.	Michel Henry	*L'amour les yeux fermés.*
1402.	François-Régis Bastide	*L'enchanteur et nous.*
1403.	Joseph Conrad	*Lord Jim.*
1404.	Jean de La Fontaine	*Contes et Nouvelles en vers.*
1405.	Claude Roy	*Somme toute.*
1406.	René Barjavel	*La charrette bleue.*
1407.	Peter Handke	*L'angoisse du gardien de but au moment du penalty.*
1408.	Émile Zola	*Pot-Bouille.*
1409.	Michel de Saint Pierre	*Monsieur de Charette, chevalier du Roi.*
1410.	Luigi Pirandello	*Vêtir ceux qui sont nus*, suivi de *Comme avant, mieux qu'avant.*

1411.	Karen Blixen	*Contes d'hiver.*
1412.	Jean Racine	*Théâtre complet*, tome I.
1413.	Georges Perec	*Quel petit vélo à guidon chromé au fond de la cour ?*
1414.	Guy de Maupassant	*Pierre et Jean.*
1415.	Michel Tournier	*Gaspard, Melchior & Balthazar.*
1416.	Ismaïl Kadaré	*Chronique de la ville de pierre.*
1417.	Catherine Paysan	*L'empire du taureau.*
1418.	Max Frisch	*Homo faber.*
1419.	Alphonse Boudard	*Le banquet des Léopards.*
1420.	Charles Nodier	*La Fée aux Miettes*, précédé de *Smarra* et de *Trilby.*
1421.	Claire et Roger Quilliot	*L'homme sur le pavois.*
1422.	Philip Roth	*Professeur de désir.*
1423.	Michel Huriet	*La fiancée du roi.*
1424.	Lanza del Vasto	*Vinôbâ ou Le nouveau pèlerinage.*
1425.	William Styron	*Les confessions de Nat Turner.*
1426.	Jean Anouilh	*Monsieur Barnett* suivi de *L'orchestre.*
1427.	Paul Gadenne	*L'invitation chez les Stirl.*
1428.	Georges Simenon	*Les sept minutes.*
1429.	D. H. Lawrence	*Les filles du pasteur.*
1430.	Stendhal	*Souvenirs d'égotisme.*
1431.	Yachar Kemal	*Terre de fer, ciel de cuivre.*
1432.	James Cain	*Assurance sur la mort.*
1433.	Anton Tchékhov	*Le Duel.*
1434.	Henri Bosco	*Le jardin d'Hyacinthe.*
1435.	Nathalie Sarraute	*L'usage de la parole.*
1436.	Joseph Conrad	*Un paria des îles.*
1437.	Émile Zola	*L'Œuvre.*
1438.	Georges Duhamel	*Le voyage de Patrice Périot.*
1439.	Jean Giraudoux	*Les contes d'un matin.*
1440.	Isaac Babel	*Cavalerie rouge.*
1441.	Honoré de Balzac	*La Maison du Chat-qui-pelote.*
1442.	Guy de Pourtalès	*La vie de Franz Liszt.*
1443.	***	*Moi, Christiane F., 13 ans, droguée, prostituée...*

1444.	Robert Merle	*Malevil.*
1445.	Marcel Aymé	*Aller retour.*
1446.	Henry de Montherlant	*Celles qu'on prend dans ses bras.*
1447.	Panaït Istrati	*Présentation des haïdoucs.*
1448.	Catherine Hermary-Vieille	*Le grand vizir de la nuit.*
1449.	William Saroyan	*Papa, tu es fou !*
1450.	Guy de Maupassant	*Fort comme la mort.*
1451.	Jean Sulivan	*Devance tout adieu.*
1452.	Mary McCarthy	*Le Groupe.*
1453.	Ernest Renan	*Souvenirs d'enfance et de jeunesse*
1454.	Jacques Perret	*Le vent dans les voiles.*
1455.	Yukio Mishima	*Confession d'un masque.*
1456.	Villiers de l'Isle-Adam	*Contes cruels.*
1457.	Jean Giono	*Angelo.*
1458.	Henry de Montherlant	*Le songe.*
1459.	Heinrich Böll	*Le train était à l'heure* et autres nouvelles.

Impression Bussière à Saint-Amand (Cher).
le 4 avril 1983.
Dépôt légal : avril 1983.
Numéro d'imprimeur : 036.
ISBN 2-007-037460-2/Imprimé en France
Précédemment publié par les éditions Denoël
ISBN 2-207-20326-3.

31823